VUUR

Bart Koubaa

VUUR

Roman

Met de steun van de Vlaamse minister van Cultuur werd dit boek in april 2002 ter gelegenheid van de Literaire Lente aangeboden aan veertigduizend lezers.

Vuur werd bekroond met de Debuutprijs, met de steun van de provincie Antwerpen.

Eerste druk, 2000; tweede druk, 2002

Omslag S. Gorter
Foto auteur Laïla Koubaa

ISBN 90 214 7260 0 / NUGI 300, NUR 301
www.boekboek.nl

Voor mijn grootvader Achilles Van Kerkvoorde en Laïla

I

In 1935 wordt de drie meter lange greppel met gloeiende kolen gevuld. De jonge Indiër glimlacht zelfverzekerd en doet zijn schoenen uit. De mannen van het gezelschap onderzoeken zijn voeten maar vinden niets. Nadat hij de voeten heeft gefotografeerd – 'Do not move, please' – zet de fotograaf zijn toestel terug op het logge houten statief dat naast de greppel staat. Hij verdwijnt onder het zwarte doek, de wandeling kan beginnen. Kuda Bux, in zwart maatpak, loopt met afgemeten passen over het vuur. Het gezelschap ademt weer, de chronometer wordt stilgezet: vier seconden. De fotograaf kruipt onder het doek vandaan, op de gevoelige plaat is het bewijs vastgelegd, in vogelperspectief en met de gloeiende kolen in het verlengde van de yogi, zwart-wit. De leden van het genootschap staan versteld. De voeten worden opnieuw gecontroleerd en gefotografeerd. Een Brits vrijwilliger moet na twee seconden uit de greppel springen en verzorgd worden. Het experiment is geslaagd. De yogi wordt uitbetaald en er volgt een eerste verslag in het Engelse vaktijdschrift voor parapsychologie, de foto's spreken boekdelen. De jonge Indiër glimlacht en telt zijn beloning. De tijd verstrijkt en de foto's blijven haken, twee foto's van de wandelaar, twee camerastandpunten binnen vier seconden terwijl er maar één fotograaf en één toestel aanwezig waren. Het is uitgesloten dat de fotograaf zijn camera zo vlug op een andere plaats heeft opgesteld om een tweede opname te maken; een tweede mysterie. Als de jonge Indiër oud is krijgt hij de negatieven opgestuurd. Het noodlot slaat toe: de negatieven ontwikkelen zichzelf en beginnen te smeulen, algauw worden de vlammen groter en staat het huis van de ongelukkige in lichterlaaie. Alleen zijn voeten worden teruggevonden, ongedeerd.

*

Het is zomer, het is nacht. We zitten rond het vuur zoals we altijd rond het vuur zitten. De grillige vlammen dansen in onze vermoeide ogen. Als de vlammen spreken, spreekt mijn grootvader, de oude Bux met die enorme snor en dat notenbruine getekende gezicht, altijd in kostuum, zomer en winter. In mijn kamer hangen de foto's, het zakhorloge en de wandelstok als bewijs van zijn onsterfelijkheid. Hij heeft me op het belang van de familie gewezen en geleerd te leven, 'anders kun je er maar beter meteen een einde aan maken,' zei hij altijd met zijn hese stem. Meestal kon je hem in zijn hangmat aantreffen, snurkend in gesluimer verzonken terwijl een paar vliegen rond zijn honingzoete mond cirkelden, of bij het hout natuurlijk waar hij met zijn stok zwaaiend de jonge mannen tot sneller werken aanspoorde en verwees naar zijn tijd waar je met dat getreuzel niet moest aankomen. 's Avonds zat hij bij het vuur, op zijn vaste plaats, en vertelde hij verhalen terwijl de flessen werden doorgegeven, zelfs de honden zwegen dan. Als zoon van een smid kende hij het vuur en het ijzer als geen ander. 'Ik zing van het vuur dat vanbinnen zit zoals het staal in de smidse,' heeft hij me eens op een gewone donderdagmiddag in mei gezegd, het kwam er zo uit en het is blijven hangen. Zijn naam zou Indisch van oorsprong zijn, afkomstig van zijn verre voorvaderen, zwervers die via Boedapest en Duitsland in het zuiden terechtgekomen waren.

Over het nummer op zijn arm heeft hij een hoefijzer

laten tatoeëren en als iemand de naam Hitler uitsprak kreeg hij zo'n dreun voor zijn kop dat hij er dagen niet goed van was. Zo had hij ooit, tijdens de kermis, een toneelspeler van een wagenspel die de naam had genoemd en op de koop toe die afstotelijke groet had gebracht, een rake klap op zijn gezicht verkocht, het was direct afgelopen met *Er kwam een man uit Finland* en de burgemeester heeft toen persoonlijk een woordje met grootvader gewisseld. Arm in arm zijn ze later uit café Vreugd na Arbeid gekomen, allebei met een rode kop en een dikke sigaar in hun mond. 'Ja, een mens moet nu eenmaal verschil maken tussen verzinsels en het ware leven,' had hij die avond tegen grootmoeder gezegd. Niet dat hij van die hele affaire iets had opgestoken, want als het hem niet aanstond sloeg hij erop, zo eenvoudig was dat. 'Tijdverspilling' noemde hij dat. 'Het heeft geen zin die mensen iets te proberen uit te leggen,' zei hij giftig, 'ofwel ze zijn zo dom als het achterste van een koe, ofwel ze willen niet toegeven en denken dat zij de waarheid in pacht hebben, je kunt er maar beter meteen op slaan zonder er veel tralala rond te verkopen.' Aan zíjn waarheden twijfelde hij nooit: 'Als de mussen scharrelen gaat het stormen' of 'Die doktoren zijn allemaal hetzelfde, als het aan hen lag zou iederéén minder moeten drinken', en wie het waagde de draak te steken met zijn heldendaden kon het ergste verwachten; er bestaat 'ergens' een foto van hem waarop hij fier het jong van een blauwe vinvis boven zich uitsteekt, en in diezelfde periode toen hij met zijn wereldberoemde familie aan een of andere zee woonde heeft hij eens met blote handen een zwaardvis gevangen, 'dat waren nog eens tijden!'.

Ik vermoed, ik ben er haast zeker van dat alles er anders zou hebben uitgezien als die haardroger niet uit zijn handen was geglipt toen grootmoeder in bad zat; zij zou hem zeker wat hebben ingetoomd, zij was de enige die nog wat macht over hem had, maar sinds haar dood was het een ramp met opa Bux; nee, hij liet niet met zich sollen en kreeg alles van iedereen gedaan, hij had je volledig in zijn macht, alle verzet was vergeefs, je kon evengoed tegen de maan blaffen. Na de begrafenis van grootmoeder werd het er trouwens niet stiller op in de woonwagen, wat de vrouwen betreft althans, hoe hij het hem steeds weer flikte van die jonge meiden over te laten komen en gek te maken, het blijft een wonder. In die dagen liep hij zelfs weer zonder wandelstok. Ik had het geluk zijn beschermeling te zijn. Ten eerste had ik zijn naam geërfd, Kuda Bux. Ze zeggen dat ik hetzelfde vuur in mijn ogen had vanaf mijn geboorte. Het schijnt dat mijn moeder zich tot twintigmaal bekruisigde en de maagd Maria verzocht toen ze mij voor het eerst zag. Na mijn doop zou ze samen met tante wasmachine, die mij volgens de traditie over de drempel van onze woonwagen had gedragen, mee hebben gebruld: 'Ik heb een duivel gehaald en breng een engel terug!' en daarna met mij op de arm hebben staan dansen als een halve wilde omdat ik nu niet meer in mijn ongeluk kon lopen. Wij vieren trouwens alles: een wrak dat we opnieuw aan de praat krijgen, de terugkomst van de zwaluwen, de genezing van een paard of de aanschaf van een nieuwe televisie. We delen alles met iedereen tot het op is, en als het op is lenen we en slaan we hier en daar iets scheef tegen het volgende maandloon dat we er meteen weer doordraaien omdat we een maand gevast hebben, zo zitten wij in mekaar, zo is onze ziel. Alles is nu, en morgen zien we wel. Mijn grootvader heeft me onlangs verteld dat het donderde en bliksemde toen ik ter wereld kwam en hij vond dat een zegen voor de familie en zag er een goed teken in. Wel, ik moet eerlijk toegeven dat ik er ook niet goed tegen kan als de mensen beginnen te zagen en klagen en zeuren. Ja, Kuda

Bux, hij had zo zijn ideeën en je moest in geen geval tegen hem beginnen te zeveren, dan wuifde hij met de hand vanuit zijn rolstoel in de trant van 'ach, wat weet jij ervan' en kon je het verder wel vergeten. Ik zou honderden voorbeelden kunnen geven, veel over het vuur en de natuur, en over de liefde, want daar wist hij alles van. In mijn apejaren, nog voor ik Zoë had leren kennen, riep hij me apart nadat ik hem mijn eerste lief had voorgesteld.

'Jongen,' zei hij, 'dat ziet er niet goed uit, dat wijf heeft een snor.'

'Maar...'

'En twee...'

'Maar opa, ze is...'

'En twee zeg ik, zijn dat godverdomme manieren om uw madam met de fiets af te halen jongeman, nee, kijk me aan, zeg ik u.'

De volgende dag zat ik achter het stuur van een engelwitte Peugeot 404 naast hem.

'Geef toch eens gas jongen, komaan zeg, vergeet niet wie je bent,' en hij duwde op mijn knie zodat de auto met een schok vooruit schoot en ik de controle over het stuur verloor. We vlamden door het prikkeldraad heen in de richting van een kudde grazende schapen.

'Rotjong!' brulde hij, 'remmen, nee, rechts, rechts, godver...'

'Hitler!' riep ik kwaad en draaide en sjorde aan het stuur zonder wezenlijk resultaat. Hij gaf me een stoot met zijn elleboog.

'Doe het dan zelf!' snauwde ik en liet het stuur los.

's Avonds zaten we naast elkaar rond het knetterend vuur en dronken zelfgestookte perenbrandewijn. Hij legde zijn hand op mijn schouder en gaf mij het woord. Ik vertelde over het dolle schaap en de poel, maar vooral over het gevoel chauffeur te zijn. Opa Bux zat trots te luisteren en nam het van mij over. Later, toen ik al in de stad woonde, zag ik in dat de verhalen van mijn grootvader het vuur zelf waren, het hout en de maan, het knetteren en de gitaren, de opzwaaiende rokken en alle vlammende ogen eromheen.

Een paar weken terug zag ik bij een vriend een herhaling van de televisieshow waaraan mijn grootvader verknocht was. Op donderdagavond vertelde hij niet, dan zat hij met een fles aan de televisie gekluisterd en moest 'iedereen zijn smoel houden of hij zou erop slaan'. Met open mond zat hij dan te luisteren naar de presentator die vragen stelde over het doen en laten van fauna en flora. Het was de beruchte aflevering van de kortsnavelboomkruiper. Ik verbaasde mijn vriend door het juiste antwoord te geven binnen de tijd, ik veinsde twijfel en sprak het nogal aarzelend uit in tegenstelling tot mijn grootvader indertijd.

'Kortsnavelboomkruiper, komaan zeg, dat weet toch het kleinste kind,' zei hij tegen zichzelf terwijl hij op het puntje van zijn stoel zat te draaien, 'dat kalf weet niet dat het kortsnavel, komaan jong, nog tien seconden,' en hij draaide zich om en keek mij zo verontwaardigd en woest aan dat ik alleen maar mijn schouders op kon halen. 'Kalf, kalf, onnozel simpel triestig kalf!' riep hij toen het zoemen van de tijd-is-om weerklonk, en met een handbeweging wuifde hij de kandidaat een veelbetekend hoe-is-dat-nu-mogelijk toe en liet zich uitgeput in zijn rolstoel zakken. Na zijn tweede hartaanval is de televisie twee weken in reparatie geweest, dat was tot het einde van het seizoen van *Mens en dier*. Maar toen was het mei en begonnen de uitzendingen over de oorlog en werd het nog erger. Het was in die periode dat de haardroger in het bad gesukkeld is. Hij zegt dat zijn portefeuille in de wc gevallen was, dat hij de briefjes en zijn paspoort aan het drogen was terwijl een of ander kieken over Hitler begon, maar de hele godganse dag over die oorlog, denken ze dan nooit eens aan ons. En toen het seizoen dan opnieuw begon, en de tweede reeks van *Mens en dier* uitpakte met een aflevering volledig gewijd aan de sidderaal, die met zijn elektrisch orgaan een paard kan verlammen, heeft hij een vaas naar de televisie gesmeten en de makers van de show de huid vol gescholden en gezworen dat er nooit meer televisie in huis zou komen, maar dat veranderde toen hij werd uitgenodigd om deel te nemen aan de quiz, hij had zichzelf ingeschreven en was het allang vergeten.

Op de dag van de opnames reden we in karavaan naar de stad. Ik zat naast hem in de zwarte Mercedes van mijn vader. Mijn moeder en tante wasmachine, mijn peetmoeder, reden met de Perals mee, omdat grootvader op zijn gemak wilde zitten en een tijdelijke koelkast op de plaats naast vader had laten installeren. Onderweg vloog de motorkap van de auto open waardoor mijn vader van de weg raakte en Fernando, die altijd stomdronken achter het stuur zat, hem zonder na te denken volgde en tegen ons vlamde.

'Wel heb je ooit,' zei hij toen hij moeizaam en zuchtend achter het stuur vandaan kroop en hoofdschuddend de schade op ging meten, 'een mens moet verdomme bij de pinken zijn vandaag de dag.' Na een korte woordenwisseling die bijna op een handgemeen uitliep reden we, zeven uur voor de opnames, toeterend de stad binnen. Opa Bux wreef het stof van zijn gestreepte pak en draaide zijn snor op. We droegen hem de steile trap op, maar toen hij boven was wilde hij terug naar beneden, hij kende een goede kroeg waar ze de beste brandewijn uit de streek hadden, en aangezien we toch nog een zee van tijd hadden voor de camera's aan het rollen gingen... de kille gebouwen zouden hem trouwens toch maar zenuwachtig maken. Hij viel twee keer van zijn stoel, waarbij er een enorme glimlach op zijn gezicht verscheen en zijn zilveren tanden schitterden in het naar binnen vallend zonlicht.

'Vader, zou je niet beter...'

'Smoel toe, brulaap, ik ben hier de baas en als het je niet aanstaat...' hij klauterde overeind en duwde vader, die hem wilde helpen, van zich af, 'blijf met je poten van...' en hij zakte opnieuw onderuit. Ondertussen was de kleinste van Pedro er al in geslaagd de boel onder te kotsen en had Lolita van Maria een knikker ingeslikt. Het was wel altijd wat met ons, maar je kunt niet zeggen dat er geen vuur in zat.

Ay aaa aaa aaay!
Aaaaaaaaaa aay!
Ik ben een gitano
Ay aaa aaa aaay!

2

Omdat het jong van een blauwe vinvis ongeveer evenveel weegt als een volwassen nijlpaard, verdween er iets meer dan zomaar een oude man. En dat besefte ik toen we op die zonovergoten dag de oude Kuda Bux ten grave droegen. Natuurlijk liet zijn dood een leegte achter, zijn uitgesproken lijfelijke aanwezigheid en eigenzinnigheid, zijn geur zelfs, hadden plaatsgemaakt voor een stil beeld van een dode man op een sterfbed bezaaid met rozen, maar vooral zijn verhalen rond het vuur waren mee gestorven, en dat stemde mij verdrietig. Van hem had ik afscheid kunnen nemen, ik wist dat hij geleefd had, en ik had zijn opgebaard lijk gezien (de voeten althans), maar van die verhalen raakte ik niet af. Ze bleven me achtervolgen en doken op de meest onmogelijke momenten op. Ik probeerde ze op te schrijven, maar het lukte niet, nooit slaagde ik erin ze te vatten, altijd raakte ik verstrikt in het kleverige web van de taal die de echte gewaarwording, het werkelijke gevoel dat ervan uitging, gevangen houdt.

De glimmende lijkkist met de blinkende handvatten rustte ook op mijn schouder, maar ik voelde haar niet, ik voelde geen enkel gewicht, het was alsof ik in een vertraagde beweging voortbewoog, zo een beetje als de eerste man op de maan. 'Mijn kop eraf als jullie me begraven, branden zal ik, en uitgestrooid worden over het kamp, ik onterf jullie als je me onder de grond durft te steken, horen jullie me, stelletje klerelijers!' Dat van dat onterven zou voor een paar mensen van de familie nog niet zo slecht zijn geweest, maar de man kreeg zijn zin, en daarom liepen we op 23 september laatstleden met de familie vijf kilometer te voet naar het crematorium, wat toch op een slordige drie kilometer meer neerkwam dan naar het kerkhof, vanaf het kamp gemeten wel te verstaan. Niemand zal de oude Bux vergeten, dat zweer ik je.

*

Aan de quiz had hij een wasmachine, een televisie, een videorecorder, een camera, een friteuse, een haardroger, een broodrooster en een scheermachine overgehouden. Hij had iedereen met zijn kennis versteld doen staan, hij was de enige van de kandidaten die wist dat wie met zijn hoofd tegen een muur slaat 150 calorieën per uur verbruikt en dat kalkoenen kunnen verdrinken door tijdens hevige regenbuien naar de hemel te staren, wat hem regelrecht naar de finale had geleid. De broodrooster, de scheermachine en de haardroger werden hem ontzegd door de familie (ik had de moeilijke taak ze van hem te stelen), maar de televisie, 'een gekleurde met zelfbediening', de camera en de recorder mocht hij houden. De wasmachine ging uiteraard naar onze tante. Hij riep: 'Dat ding komt hier niet binnen! Pak het mee, dat ik het niet meer moet zien, toe, weg-weg-weg,' en tante was de gelukkigste vrouw op de hele wereld en ik mocht het ding naar haar woonwagen zeulen en naast de andere machine aansluiten. Ik zie het hier op veilige afstand van mijn verleden, maar wat voel ik nog de pijnscheuten in mijn rug alleen maar als ik eraan denk.

Ja, die quiz, je had hem moeten zien glunderen in het felle licht van al die spots, en kwekken en ratelen, de presentator kon er geen woord tussen krijgen.

Ze zeggen dat de ziel te voet gaat, misschien geldt dat in het bijzonder voor zigeuners, het was alleszins een paar maanden na zijn dood dat ik hem voor het eerst in levenden lijve terug heb gezien, en wel in vaders auto. Toen Zoë en ik op een nacht thuiskwamen van een feest in El Hogar Español lag er een briefje op tafel met het bericht dat vader had gebeld, of ik eens terug kon bellen, het had geen haast. Ik nam het papiertje en liep halfverdoofd de trap op. Ik glimlachte nog even naar Zoë die zich aan het verfrissen was en viel als een blok in slaap. Rond de middag werden we gewekt door de telefoon.

'Hallo jongen, alles goed?'

'Ja,' murmelde ik hees, 'jaja.'

'Ik heb je toch niet uit bed gebeld, ik dacht het is over twaalven...'

'Nee hoor, maar ik ben wat hees, een verkoudheid, denk ik.'

We spraken af voor volgende week zondag, hij zou me komen halen, 'Vergeet je was niet.' Nadat het kamp onbewoonbaar was verklaard en de woonwagens en krotten met de grond gelijk waren gemaakt, werden we op last van de nationale regering in een van de buitenwijken gehuisvest. Aanvankelijk zagen de buurtbewoners er niet veel goeds in en wezen ze ons vreemdelingen met de vinger na telkens als er zich problemen of onduidelijkheden voordeden, maar met de tijd vervlakte alles zoals alles altijd vervlakt en werden we als 'ingeburgerd' en 'aangepast' beschouwd. Opa Bux zou zich tegen dergelijke praktijken uit alle macht verzet hebben en gevochten hebben voor elke centimeter van zijn vrijheid, bij hem zouden ze zeker aan het verkeerde adres geweest zijn met zulke praat, maar de tijden veranderen, en de televisie had het vuur allang verraden.

Het was zondag en ik was mijn vuile was aan het verzamelen toen ik vader hoorde toeteren. Zoë was vroeg opgestaan en naar haar kamer gegaan om te studeren. Het regende dat het goot. Ik trok de deur stevig achter me dicht en smeet mijn zakken op de achterbank. Ik schudde vader de hand en we vertrokken. De versleten ruitenwissers konden met moeite het water weg krijgen. Vader rookte een sigaret en zocht een zender op de radio. Hij maakte aanstalten om iets te zeggen, maar slikte zijn woorden in en nam nog een trek van zijn sigaret; hij wist dat ik niet graag over moeder zat te roddelen in de auto. Toen begonnen de blazers hakkende ritmes in de auto te verspreiden en klaarde het op. De zon brandde in ons gezicht en mijn grootvader doemde op, meebrullend met de zware tuba's. Ik mocht naast hem zitten. Paco, Andrea, Luiz, Maria en Lulu zaten op de achterbank bier te drinken. We reden naar een of ander bos waar grootvader een heilige bron wist, en waar we flessen gingen vullen voor alle zigeuners van onze familie. Het water zou een helende werking hebben en er zouden vreemde vissen in rondzwemmen, een reden te meer om de natuurkenner die mijn grootvader was naar de plek te krijgen. Hij had er trouwens al fantastische verhalen over verteld, wat ons nog nieuwsgieriger maakte, want over het algemeen werd er nooit getwijfeld aan het waarheidsgehalte van opa Bux' verhalen, ze waren er gewoon, en dat was de realiteit. Onderweg hadden we problemen met een snelheidsduivel. De weg slingerde zich tussen de bergen omhoog, en een achterligger wilde ons inhalen, en toeterde en zwaaide met zijn vuisten dat hij niet de hele dag had, en hij kwam zo akelig dichtbij ons dat opa Bux er genoeg van kreeg. Hij remde zodat de ander hem in de kofferbak ramde en ik een klets bier in mijn nek kreeg. Hij stapte op de man af, boog zich door het raam van de met stomheid geslagen chauffeur, nam de sleutels uit het contact en smeet ze doodkoel in de rivier. Ik zeg het, met Bux valt niet te spotten. We bereikten de bronnen tegen de middag. Eerst gingen we naar een herberg om ons te verfrissen en wat te drinken.

'Zo ga je toch niet achter het stuur kruipen, opa, alsjeblieft, ik...'

'Jij kleine aap, zou je niet eens een keer je tater willen houden, meneer, meneer, meneer madam.'

We raakten van de weg af en raasden met een onwaarschijnlijke snelheid naar beneden, ergens naar beneden. De muziek van de fanfare op de radio begon te zwellen en te dazen, *boemtata* alhier en *tatatatatatatata* aldaar, en alsof dat nog niet genoeg was toeterde opa Bux erop los dat het een lust was. De visser langs de oever van de kreek kon zijn ogen niet geloven. Als door een wonder kwamen we terug op de weg. Opa Bux riep: 'Ziezo!' en reed verder terwijl de muziek volledig was losgebarsten. Toen het lied was afgelopen zette hij de radio zachter en stopte hij bij de oprijlaan van een boerderij.

'Hoe kon ik weten dat het *Caldez* was en niet *Caldaz*, ik ben God de vader niet hoor, en als iemand zou zeggen dat er in Rome heilige vissen zwemmen kun je naar alle continenten vlammen want er zijn minstens twintig Romes op deze wereld, oké.' En gelijk had hij altijd. 's Avonds zaten we rond het vuur en vertelde hij over de heilige bron.

'Waarom zijn deze vissen heilig?' vroeg Maria.

'Omdat je ze niet kunt eten,' zei hij alsof het de normaalste zaak van de wereld was.

'En waarom kun je ze niet eten?' ging ze verder.

'Nu nog mooier,' zei hij verontwaardigd, 'omdat ze heilig zijn natuurlijk.'

De verhalen doofden uit en de echte gitaren zongen en dansten, het stof rond het vuur waaide op. De vrouwen zwierden hun rokken tot boven hun navel zodat je soms een glimp van het zwarte plekje tussen hun benen kon opvangen, *alegría*.

ze bindt haar haren samen
ze bindt haar haren samen
met een dun zwart lint

Een paar dagen later zat ik in de wagen naar de televisie te kijken.

'Wanneer ga je me dat verhaal van Engeland eens vertellen, grootvader, je belooft het me al vanaf mijn geboorte?'

'Heb geduld jongen, er komt een tijd voor alles, eerst moeten we, godver, godver de godver de godver!' riep hij en stampte met zijn stok tegen het dak, 'die verduivelde antennes, ze zijn geen fluit waard, ga jij eens op het dak, jongen, fiks jij dat nou even voor je kreupele opa, *Mens en dier* begint over vijf minuten.'

Ik liet me over de rand van het dak hangen en zag hem zo hulpeloos in zijn stoel zitten gapen naar de sneeuw op de televisie. Misschien was het dat breekbare beeld waarin de prille grondslagen van een of andere intimiteit werden gelegd, want ik had altijd respect voor hem gehad, dat wel, je kon ook onmogelijk kwaad op hem worden, of hem iets weigeren, maar door hem zo gewoon bijna diepmenselijk in zijn rolstoel te zien zitten, besefte ik voor het eerst dat ik van hem hield, en ik zei het heel stilletjes en onhoorbaar tegen het raam.

'Houden zo, ja, zo is het goed!' hoorde ik hem schreeuwen terwijl ik de antenne als een fakkel in de lucht stak. Het begon te donderen en te bliksemen, we bleven binnen die dag, het was een donderdag als ik me niet vergis, ja een donderdag, *Mens en dier* natuurlijk, en we speelden poker om een verhaal. Ik verloor en moest hem over mijn liefje vertellen, welke kleur haar ze had, welke ogen, of ze groot was, dik, of ze goed geschapen was en of ze kon dansen.

'Nee, ze heeft geen snor, opa.'

'Dat ze niet met je voeten rammelt jongen,' zei hij met een wijsvinger zwaaiend, 'want een keer ze met je voeten rammelen is het gedaan,' vervolgde hij hoofdschuddend, 'kijk maar naar tante wasmachine, die slaat door als een molen, geen vijf minuten zou ik het bij haar uithouden, zo een generaal, alles regelt dat mens, ik zou haar al buiten gesmeten hebben, bij mij zou dat niet gebeuren, zo'n viswijf, alles regelen, alles, alles, alles, ik begrijp best dat Manuel, ach ja, wat doet het ertoe ook, zolang ze maar uit mijn buurt blijft en mijn hemden strijkt, die onnozele gans, ik zou er nog met geen tang naar durven pakken, wat denkt ze verdomme wel,' en hij sloeg op tafel om zijn kolere kracht bij te zetten, 'weet je dat ze je grootmoeder die vervloekte haardroger cadeau gedaan heeft, ik durf te wedden dat ze het zo gepland heeft, één opgezette boel, doe ze nog eens vol, ja in de koelkast staan er nog, ze heeft altijd achter mij aan gezeten, maar ze kon mij niet krijgen, ken je dat, die wijven onder mekaar, een en al jaloezie, een vuile boel is dat, ik beklaag ze, ach wat beklaag, nee ook, ik beklaag ze helemaal niet, ze moeten het zelf maar bekijken, het is toch mijn schuld niet dat de wereld godverdomme zo in mekaar zit, wat kan mij al dat modern gezaag schelen, weet je wat jongen, ze zouden beter wat minder zagen en boeken schrijven en eens goed op tafel slaan en op wat andere dingen ook als je begrijpt wat ik bedoel, die onnozele pafisisten of hoe ze ook heten, daar schiet je nou niets mee op, die wijven leuteren te veel, als ze willen dat er wat verandert zullen ze het anders moeten aanpakken, en die hele klerezooi en de rest ook, maar ach jongen, veranderen, wat zal er veranderen, ik heb over het vuur gelopen, ik heb het gedaan, zou jij het durven, broekschijter.'

'Kom opa, zo heb je wel genoeg binnen, je zou beter in je bed...'

'Bed, bed!' riep hij woest uit, 'wat moet ik verdomme in

mijn bed liggen doen, je begrijpt het niet, hè jongen, je bent nog groen, het zal wel komen, ik zeg het je, kom haal mij nog zo ene van die biertjes, wat een rotmerk heb je nu eigenlijk weer in huis gehaald, het is niet te zuipen.'

'Er is geen bier meer, het is...'

'Ga er dan zoeken, onnozelaar, man moet ik het hier allemáál zelf doen, je houdt het toch gewoon niet meer voor mogelijk, die jeugd... luiaard!' riep hij me nog na toen ik al bij de woonwagen van Paco aanklopte.

'Drie blikjes, drie luizige blikjes schotelwater, is dat alles wat die schooier kan missen, ik heb hem godver geboren zien worden, ik heb hem zijn eerste gitaar gekocht, wat denkt hij wel, duw me naar hem...'

'Maar opa, ze hebben volk, de vader van Lolita komt om...'

'Dat het me niet kan schelen, ik heb straks ook volk, duwen zeg ik of ik onterf je.'

We haalden de buit zonder problemen binnen, meer dan een halve krat van een deftig merk. Ik liet het bad vollopen en vroeg me af wie opa zou komen bezoeken, maar ik had niet veel tijd om na te denken want hij zat alweer te roepen, dat hij problemen had met zijn schoenen, dat ik de veters veel te stevig had gestrikt. Ik hielp hem met het uitkleden en ondersteunde hem tot aan de badkuip.

'Verdomme Kuda, wat is dat sop heet.'

Ik liet hem zachtjes zakken en draaide de koudwaterkraan open.

'Waar is dat weer voor nodig zeg,' en hij trok zijn knie weg vanonder de koude straal.

'Het was toch te heet, ik heb gewoon...'

'Gewoon, gewoon, kun je dan niet gewoon maken dat mijn badwater op de juiste temperatuur is, is dat nu zoveel gevraagd,' en hij schepte met zijn gevouwen handen wat water en waste zijn gezicht waarbij hij het geluid van een soort zeeleeuw maakte. Ik waste zijn rug en zijn voeten, zijn heilige voeten. Hij zat wat te murmelen en in het water te pletsen als een klein kind. In deze situatie had ik hem eigenlijk volledig in mijn macht, ik glimlachte. Ik wilde toch wel achterhalen wie er op bezoek kwam, maar de heilige zeeleeuw was me voor:

'Wat eten we morgen?'

'Is er nog rijst?'

'We gaan toch weer geen rijst eten zeker.'

'Euh nee.'

'Komaan zeg, we hebben de hele week rijst gegeten.'

'In China eten ze alle dagen rijst.'

'We zijn hier niet in China.'

'Opa, je moet...'

'Ik moet juist niets, knoop dat in je oren jongen, ik moet helemaal niets,' en hij sloeg zijn armen om me heen en ik tilde hem uit het bad. Toen ik hem aan het afdrogen was kwam er een zwarte wagen ons terrein op gereden, zo'n Amerikaanse. Drie mannen in maatpak stapten uit en vroegen aan Indira waar Kuda Bux woonde. Zij wees naar de woonwagen zonder op te kijken. Opa bekeek zichzelf kort in de spiegel, kamde zijn lange grijze haar strak achterover en vroeg om zijn kamerjas. Ik mocht niet blijven. Rond drie uur 's nachts vertrokken de mannen. Ik had de hele tijd hun silhouetten door het raam zitten bespieden. 'Je zal er wel bij varen,' is het enige wat hij ooit over die vreemde afspraak heeft losgelaten.

*

Ik was hout aan het hakken voor het vuur en zag mijn vader een lucifer afstrijken. Hij stond met zijn rug tegen een boom geleund in gesluimer verzonken. Ik wilde naar hem toe gaan, maar ik kon niet, iets hield me bij het hout. Met een wijde zwier slingerde ik de bijl tot hoog boven mijn hoofd en kliefde met ingehouden adem een blok doormidden. Toen ik opkeek was vader verdwenen. Hij is altijd een stille geweest, een stille Bux. Ik had ook het gevoel dat hij zich neerlegde bij zijn lot. Nee, het was zeker geen vechter zoals zijn vader, en zijn moeder heb ik nooit goed gekend. Je vraagt je af waar hij dat karakter vandaan heeft, een gesloten boek is het, het enige waar je iets uit kunt halen zijn de liedjes die hij loopt te zingen, maar dan nog. Het lot ja, volgens opa heb je alles zelf in handen, alles. Vader werkte in de staalfabriek en met een paar woorden aan tafel had hij me duidelijk gemaakt dat ook mijn tijd was aangebroken, maar naar de fabriek wilde ik voor geen geld van de wereld. Wat kon ik anders dan bij opa Bux te rade gaan, hij zou er wel iets op vinden.

De nacht viel, de sterren schitterden als heldere brokken kristal en het vuur flikkerde in onze diepdonkere ogen. Opa Bux vertelde een verhaal over een boom die kon spreken, maar tante wasmachine onderbrak hem en vroeg hem even te stoppen omdat de witte was wel gedraaid zou zijn en dat ze hem eerst wilde ophangen met zo'n perfect avondbriesje; haar wasmachines waren de maat van alle dingen, en sinds ze er twee had was het er niet beter op geworden. Het vervolg van het verhaal hebben we echter nooit gehoord, want tante wasmachine kwam in alle staten op het vuur toe gestoven: 'De wagen staat onder water!' en we zijn de hele avond met schoonmaken bezig geweest en hebben de goede afloop gevierd met wijn uit Portugal. Het verhaal van de sprekende boom was vervlogen. Toen ik opa Bux naar het verdere verloop van het verhaal vroeg trok hij zijn schouders op en zei eerlijk: 'Welke boom?' In bed verzon ik het vervolg zoals elke ware geschiedenis dat eist; ik had de wereld volledig in handen en kon elk toeval uitschakelen, net als het vuur.

De nacht zegende mij met een maffe droom over dansende dinosaurussen. Toen ik wakker werd waren ze er nog steeds. De haan kraaide hees en ik kroop wat verward uit bed. Vandaag was het zover, vandaag zou ik mijn leven in eigen hand nemen. Ik liep naar de pomp en verfriste mijn gezicht, ach ja, opa's ontbijt, het is dinsdag.

'Als ze niet wat meer eieren gaan leggen zal ik ze persoonlijk de kop afkappen, onnozele hoenders,' brulde hij hees toen ik hem zijn ontbijt bracht, 'twee luizige spiegeleieren, het is ver gekomen tegenwoordig, ze krijgen verdomme de beste maïs en weet-ik-veel die er is, ondankbare schepsels, een eitje meer zou er toch wel af moeten kunnen me dunkt, heb je ooit, twee eieren, waar gaat dat naartoe, waar gaat dat naartoe, de wereld is om zeep jongen, naar de fikken...'

'Kom zeg, wat zijn we weer in een leuke bui deze morgen, Hitler.'

'Waag het niet, rotjong, kom hier met die roteieren van je, ik durf er mijn kop om te verwedden dat je eieren achterhoudt, onnozelaar, kom hier zeg ik je, vreet ze zelf op, hier,' en met een krachtige zwier slingerde hij de pan naar mijn hoofd, 'dat zal je leren.'

'Godver opa, mijn pak, ik heb een afspraak in de stad, alstublieft zeg.'

'Wel, ga dan maar zo naar de stad, en blijf er, je moet hier geen stap meer binnen zetten, heb je me gehoord, geen stap of ik sla die mooie kop van je in, uit mijn ogen, stuk onbenul, naar de stad, naar de stad, is het hier niet goed genoeg misschien voor meneer.'

'Jawohl,' zei ik en ik klakte met mijn hakken.

'Ontplof, onnozelaar!'

Ik stapte in de taxi en verliet zonder om te kijken het kamp.

Ze willen me uitzenden
om God en de koning te dienen
maar zelfs de wet
kan mij niet van jou scheiden

De taxi stopte voor het gebouw, ik haastte me naar de ingang. Ik had nog, verward door de vorige nacht, de straat op de kaart willen opzoeken, maar de onvoorspelbare bewegingen van de auto en het bevreemdende landschap hadden mijn zoektocht in het gebied 9E-F verstoord. Tijdens de rit probeerde ik de uitnodiging van de firma waar ik een afspraak had een paar keer te herlezen, maar telkens werd ik geplaagd door het duidelijk afgetekende beeld van mijn vader tegen de boom. De conciërge, een stoffige, versleten man met oude ogen, haalde zijn wijsvinger uit een blauwachtige kiel en verwees me naar de negende verdieping. Tussen zijn gemompel kon ik '...negende verdieping, overgang links, einde...' en '...geen elektriciteit...' opmaken. Het was alsof er een gek verband bestond tussen de hoeveelheid treden die ik hoorde kraken onder mijn gewicht en de afname van de lichtsterkte. Ik stapte traag en tastend, mijn ogen op een flikkerend lichtschijnsel gefixeerd. Nog voor ik een deur kon onderscheiden verdween het lichtpunt en hoorde ik een mistig gevloek uit de richting van mijn oriëntatiepunt. Na een tocht die oneindig leek te duren kwam ik aan bij een deur. Mijn klamme vingers bleven hangen op een ruwe plaat waarin tekens stonden gegraveerd. Opgelucht las ik, hoezeer deze beklemmende duisternis mij ook omsingelde, het opschrift 'KADUX INC'. Achter een overhoopgehaald bureau zat een grijze man in een gestreept maatpak, omringd door ontelbare dossiers, een document te bestuderen. Achter hem, tussen de kasten volgestouwd met bruinachtige dossiers, hing een verkleurde blinde wereldkaart waarop een rode roodomcirkelde K aangaf welk gebied de firma had verkend, beschreven en in kaart had gebracht. De oude man keek niet van zijn papieren op en ik bleef wat onwennig staan in het duistere vertrek, dat alleen door een kaars werd verlicht. Toen ik aanstalten maakte om te spreken, ik kwam dichterbij het bureau, mompelde hij terwijl hij zijn bril afnam zonder mij aan te kijken: 'En heeft u ervaring, meneer Bux, u begrijpt dat we iemand met ervaring zoeken, wel?'

'Nee meneer, maar ik ben bereid mij honderd procent in te zetten, ik ken mezelf, en ik...'

'U woont in een woonwagen, lees ik hier.'

'Ja, ik ben zigeuner.'

'Kijk meneer Bux, ik zal open kaart met u spelen, als het uw bedoeling is om veel geld te verdienen bent u hier aan het verkeerde adres, met die nieuwe regering moeten we allemaal inbinden, begrijpt u, het zijn moeilijke tijden voor iedereen. Kijk meneer, we zullen uw dossier verder bekijken en laten u iets weten zodra we een beslissing genomen hebben, u begrijpt dat we niet zomaar de eerste de beste kunnen aannemen.'

'Natuurlijk.'

*

Nieuw!

HELDERZIENDHEID PER BRIEF

7 vragen – 7 antwoorden
reageer nu!!! geen geld in het water!!!

Ik heb nooit achterhaald of hij het nou gedaan had om mij uit mijn tent te lokken of uit liefde voor tante wasmachine.

Hij heeft altijd beweerd dat ik mijn geluk niet buiten het kamp moest gaan zoeken, dat er binnen genoeg te doen viel, als ik maar mijn ogen openhield en mijn talenten 'wat die ook mochten zijn' gebruikte: 'Als je kunt toveren, moet je toveren, en geen ijzeren platen aan mekaar staan lassen.' Maar ik dwaal af, het ging financieel niet zo goed met tante wasmachine, althans sinds de dood van haar man, de enige concurrent van opa Bux, wat anciënniteit betreft. Ze was gaan uithuilen bij opa, 'dat het zo niet langer verder kon en dat ze er compleet doorheen zat en dat ze haar laatste geld aan waspoeder spendeerde, van dat goedkope spul ook nog, stel je voor, ik die altijd met het beste van het beste gewassen heb.'

'Ach vrouwmens, word dan helderziende of zoiets, je moet daar nu toch niet zo zitten janken, dat haalt geen fluit uit, kom, kom, kom, stil maar,' en ik heb het niet gezien, of ik heb er hem of haar nooit naar gevraagd, maar ik ben ervan overtuigd dat hij haar toen heel zachtjes in zijn armen heeft genomen en een stuk van zijn jeugd aan zich voorbij heeft zien trekken. 'Nee, doe het per brief, dan hoef je al dat gedoe niet te kopen, geen glazen bollen en kaarten en weet ik veel, het spaart je zo al wat uit, alleen wat postzegels, of nee, laat ze er nog een postzegel bijvoegen, zuivere winst, zie je, ach als je maar wilt.'

Op 7 juli werd tante wasmachine door de plaatselijke krant officieel als helderziende erkend (jammer van het verkeerde rekeningnummer, jammer dat ik nu pas de cijfercombinatie tegenkom op de uittreksels tussen de berg papieren die grootvader mij heeft nagelaten).

De eerste brief die ze ontving, 'zie je wel, wat heb ik je gezegd', zorgde al voor een probleem. Hoe kon zij ook in godsnaam weten of de hond van mevrouw Fernanda Vazquez als een mens of als een dier zou terugkeren in deze wereld.

'Mevrouw wie? Als een krop sla, zou ik schrijven, godverdomme nog aan toe!' schreeuwde de oude en hij sloeg met zijn volle vuist op de tafel, 'waar blijven ze 't verdomme vandaan halen, nee, kom, mag ik, ik zal daar even gevat op antwoorden, wacht, nee, schrijf op: beste mevrouwww...'

'Vazquez, Maria Vazquez,' fluisterde tante zonder van het papier op te kijken.

'Jaja, momentje, Vazquez, mevrouw Vazquez, je moet me niet opjagen, ik doe het om jou te helpen, waar waren we ook alweer?'

'Beste me...'

'Ja zeg, heb je geen biertje in huis, het is hier zo droog in je wagen, en hoe voel je je trouwens?' En het was avond voor ze het wisten, en mevrouw Vazquez heeft nog een lange tijd naar haar zeven antwoorden kunnen fluiten.

In de brievenbus bij de ingang van het kamp zat een tweede brief voor tante wasmachine (in een handschrift dat op dat van grootvader leek) en een bericht (in datzelfde handschrift) van de firma waar ik mijn diensten had aangeboden: 'Beste Mevrouw Elvira Mbulu,' (Elvira Mbulu? Het is toch niet mogelijk, alstublieft zeg!) 'Elvira Mbulu, bij deze melden wij U dat de vacature *eerste klerk* zojuist werd afgesloten. Wij blijven echter Uw gegevens in ons bestand bewaren! Het was niet gemakkelijk te kiezen uit zovele goede kandidaten. Wij danken U hartelijk voor de getoonde interesse en wensen U alvast veel succes bij een volgende sollicitatie. Wij zijn zo vrij geweest, Uw curriculum vitae aan een bevriende collega, met een verkennersbedrijf in oprichting, door te geven. Wij hopen U hiermee een dienst te kunnen bewijzen, en tekenen met vriendelijke groeten.'

'Je begrijpt het nog steeds niet, hè jongen,' zei grootvader toen hij de ontgoocheling op mijn gezicht las, 'je begrijpt het nog steeds niet, kom haal eens wat bier. Ze spelen met je voeten, jongen, ze spelen met je voeten, ze kwekken en kwaken en klagen en zagen, maar ze houden je aan het lijntje, allemaal schone woorden, allemaal valse beloftes en onnozele kletspraat, denk je echt dat ze de helft menen van wat ze beweren, jongen toch, als ik een paar dagen God zou mogen zijn, ik zweer dat ik er toch een paar te grazen zou nemen, maar je kunt niets tegen hen beginnen, daarom moet je ze negeren, laat dat tuig in zijn eigen miserie stikken, denk je nu echt dat je ze nodig hebt, komaan, stelletje klerelijers, je moet verdomme wat harder worden, of je gaat het niet halen, hoor je me.'

'Ja, maar ik voel me soms zo nutteloos, zo leeg, zo niets, ik...'

'Vooreerst ben je mijn kleinzoon, je draagt mijn naam, en ik wil dat je hem waardig draagt, heb je dat begrepen, laat die anderen maar zagen zoveel ze willen, ík ben door het vuur gelopen, en dat is precies wat jij ook gaat doen, je moet het vuur uitdagen en de rest kan naar de verdoemenis, weet je wat jij moet doen, jij moet opnieuw in die taxi springen en terugkomen als je het vuur hebt overwonnen.'

Mijn lot ligt in jouw handen
het zwaard is gloeiend heet
laat mij niet langer lijden
en toon me jouw gelaat

Ik klopte aan. Achter een overhoopgehaald bureau zat een grijze man in een gestreept maatpak, omringd door ontelbare dossiers, een document te bestuderen. Achter hem, tussen de kasten volgestouwd met bruinachtige dossiers, hing een verkleurde blinde wereldkaart waarop een rode roodomcirkelde K aangaf welk gebied de firma had verkend, beschreven en in kaart had gebracht. De oude man keek niet van zijn papieren op en ik bleef wat onwennig staan in een hoek van het duistere vertrek, dat alleen door een kaars werd verlicht. Toen ik aanstalten maakte om te spreken, mompelde hij terwijl hij zijn bril afnam zonder mij aan te kijken: 'Hij zit boven,' en hij wees met de bril naar een trap in de belendende ruimte. 'Verdomde elektriciteit!' vloekte hij terwijl hij me een brandende kaars aangaf. Ik nam die aan en liep de smalle krakende trap op.

'Het is eenvoudig,' zei de ander koel toen ik bovenkwam, 'je kent de voorwaarden,' en hij kwam naar me toe en reikte mij gewillig de hand om onze jonge overeenkomst te bezegelen. Er werd niets ondertekend, verder afgesproken of berekend, je kreeg het gevoel dat je alles zelf in de hand had, dat je volledig vrij was in je doen en laten. En hoewel alles in wezen bij het oude bleef zoals alles altijd bij het oude blijft, voelde ik mij een nieuw mens toen ik die avond bij het vuur zat en de grillige vlammen op mijn gezicht voelde dansen. Ik had de opdracht te pakken, niets kon mij nog in de weg staan, het vuur in mij knetterde weer. Maar hoe zou ik dat nu allemaal voor de firma in kaart brengen, hoe moest ik alles aan het papier toevertrouwen? Het was gemakkelijker gezegd dan gedaan, 'alles opschrijven zoals het was', begin daar maar eens aan. Grootvader had ooit verteld over de mensen van het Noorden, dat sommige eskimo's koelkasten gebruiken om te voorkomen dat hun eten zou bevriezen; het is maar hoe je het bekijkt. En grote dichters zullen het al voor zijn tijd met hun grotere woorden gezegd hebben, en daarin zat het hem nu juist, vanuit welk standpunt bekijk je het, simpel maar niet eenvoudig, je melk zal in ieder geval niet bevriezen en het bier ook niet, dat moest sowieso niet in de koelkast, dat stroomde zo van de kruidenier naar grootvaders keelgat, een schuimende rivier die uitmondde in zijn woonwagen, hoe kun je in godsnaam een zwaardvis met je blote handen gaan vangen, opa, die dingen halen snelheden van over de honderd kilometer per uur bij gevaar, of zelfs zo gewoon, als ze er zin in hebben, maar ik geloof je hoor, ik geloof ieder woord dat je mij toevertrouwt, elke klank die je uitstoot, ik geloof je zoals ik geloof dat de Rode Zee blauw is.

De volgende dag zaten we rond de televisie geschaard. Salvador, een van de onzen, was geselecteerd voor de vriendschappelijke wedstrijd tegen Rusland, linksachter. Armando, de vader van Salvador, zat naast opa Bux, de ene sigaret na de andere te roken en zijn vrouw sloeg kruisteken na kruisteken. Het werd muisstil, het volkslied weerklonk en de namen van de spelers werden omgeroepen. Toen Salvadors naam werd afgeroepen begonnen we als gekken te brullen en hem aan te moedigen met onze zelfgemaakte toeters. De vader van Salvador was van zijn stoel gevallen en had in zijn val de kabel van de televisie eruit getrokken. Opa Bux begon te vloeken en te schelden.

'Wees toch eens godverdomme twee minuten kalm jongen, kun je nu eens niet gewoon rustig op die stoel gaan zitten, je zit hier verdomme te draaien en te keren als een jonge bok, Kuda, geef mij nog eens een fles bier, zo houd ik het hier geen vijf minuten uit, wat een toestanden.'

'Eén-nul!' hoorden we de stem toen ik de kabel terug in het contact had gestoken, 'dames en heren, het is ongelofelijk, in minder dan een minuut spelen staat het één-nul, zoiets is nog nooit vertoond...'

'Zeg dan toch voor wie, onnozelaar, kom op, ach ik krijg het ervan...'

'Voor ons, opa, één voor ons, nul voor de Russen, wij spelen in het geel...'

'Ja ja, 't is al goed, ik ben niet achterlijk, en kan dat hier niet wat kalmer, hoe moet een mens hier in 's hemelsnaam een match volgen met al dat lawaai, bier, bier zeg ik!'

Voor de rust kwamen de Russen gelijk.

'Wat, godver, hij gaat die goal toch niet goedkeuren zeker, onnozelaar, kom hier als je durft, komaan, dat was nu toch duidelijk buitenspel, dat kon toch het kleinste kind zien, wat een scheidsrechter, als dat al allemaal kan, het is toch ver gekomen tegenwoordig, ik durf te wedden dat het doorgestoken kaart is, vuile communist!'

We bleven naar de wedstrijd kijken, we bleven roepen en tieren tot de televisie het begaf. Na wat geklop en gesleutel vormde er zich opnieuw een beeld. Door de trillende lijnen zagen we traag de contouren van een pygmee ontstaan. Wat kon ons die pygmee schelen, we waren nieuwsgierig naar het verdere verloop van de wedstrijd, maar toen opa Bux vertelde dat het in Zambia bij de wet verboden is pygmeeën te fotograferen, en dat hij ergens een foto had, 'Kuda, loop je even om mijn doos', werd het stil en vergaten we allemaal Salvador behalve zijn vader, die in de auto aan de radio zat gekluisterd met Paco en Luiz. Salvador kreeg een rode kaart omdat hij een grensrechter een oplawaai had verkocht toen hij buitenspel vlagde terwijl er helemaal geen sprake van buitenspel kon zijn, maar onze ploeg hield stand en we wonnen met 2-1.

Salvador was een held en we hebben een week aan een stuk gefeest.

Het leven van de pygmeeën in Zambia had mij op de een of andere manier doen inzien dat ik geen lange reizen langs kronkelende paden en onherbergzame gebieden hoefde te maken om te beseffen dat mijn leven hier was en dat ik het óf kon vergooien óf er iets van kon maken. Misschien was onze familie wel moe van het eeuwige reizen en vluchten, misschien zat het wel in de genen. Eén ding stond vast, ik had de opdracht gekregen in dat slechtverlichte gebouw aan de rand van de stad en ik moest er iets mee doen. De opdracht luidde: alles naar waarheid weergeven, ja, ik kon dan evengoed beginnen bij het begin.

In 1968 werd één op de tweeëndertig postbodes door een hond gebeten en werd ik geboren onder het sterrenbeeld Vissen. Ik werd Kuda genoemd naar mijn grootvader, de Indiër die over het vuur liep. Naar het schijnt zijn mijn voeten er het eerst uit gekomen. De oude Bux zag er een teken in en hij ging zich over mij ontfermen, ik zou zijn opvolger worden. Hij leerde mij al snel hoe je stenen kon doen vliegen, dat was het begin van alles zei hij, stap voor stap, eerst de stenen onder controle krijgen. Mijn vader werkte toen in de staalfabriek, tegen de zin van mijn grootvader, die dat puur verraad vond, maar de smidse draaide allang niet meer, iedereen werkte toen trouwens in de fabriek, zelfs voor onze familie was er werk, je diende je aan en ze vroegen wanneer je wilde beginnen, zo simpel was dat in die jaren. Onze familie leefde al drie generaties lang op hetzelfde terrein en het zag ernaar uit dat het nog een tijdje zo zou blijven. We hadden ganzen, geiten en kippen en kweekten groenten die we op de markt verkochten. Wie een instrument bespeelde werd naar de stad gezonden en de meisjes verkochten rozen in cafés. Onze auto's repareerden we zelf, niet dat we met van die krotten rondreden hoor, integendeel, we hadden de schoonste bakken uit de hele buurt, we kenden dan ook de juiste mensen. Iedereen van jong tot oud had goud en zilver aan zijn lijf hangen, voor het geval er ons iets zou overkomen, je wist maar nooit, want er werd nogal duchtig gedronken en gedanst, een beetje om het verleden te vergeten, misschien uit een drang naar een soort vrijheid. Er was één dierenwinkel in de stad, en als er slangen gesignaleerd werden gingen we ze stelen en lieten we ze vrij in het bos. Als je wilde trouwen kon je ofwel de hand van je meisje vragen, en hopen dat de familie ermee instemde, ofwel haar een nacht ontvoeren en terugkomen de volgende ochtend, waarmee het huwelijk bezegeld was. Ik denk dat opa Bux grootmoeder geschaakt heeft, maar hij laat er niets over los. Af en toe stalen we ook andere dingen dan slangen, dat legde onze wet ons op. Mijn grootvader zei altijd: 'Ik bén immoreel, ik durf het tenminste toegeven, maar,' en toen stak hij zijn geringde wijsvinger in de lucht, 'ik heb het vuur overwonnen.' Hij verzette zich altijd tegen gewichtige zaken: 'Ik heb al die moeilijke woorden niet nodig om te begrijpen hoe de wereld in mekaar zit, ik zie het genoeg rondom mij, en als ik het niet begrijp, dan voel ik het wel, en weet je wat ik zie, dat de wereld er niet duidelijker, beter of mooier op wordt, dat zie ik de hele godganse dag.' Ergens begreep ik wel wat hij wilde zeggen, maar toch geloofde ik dat de poëzie een plaats verdiende in onze wereld. 'De poëzie, jongen, dat ben jij en ik, dat is ons bloed dat door onze aders pompt, ons vel en onze ogen, onze vuisten en onze tong, begrijp je dat, probeer dát maar eens op te schrijven.'

En ik probeerde het op te schrijven maar raakte er niet wijs uit. Ik probeerde alles te noteren zoals het me was opgedragen, zin voor zin. In mijn hoofd krioelde het van de woorden, ik voelde ze over mijn rug kruipen en in mijn hele lijf gonzen. Kom op, schrijf dan toch iets op, een woord, een zin. En toen ik aanstalten maakte om een eerste woord op te schrijven hoorde ik de vergulde scarabeekop tegen mijn raam tikken.

'Nee opa, ik heb nu geen tijd, ik ben bezig, ik kan...' gebaarde ik.

'Hier komen zeg ik je, je hebt nog een heel leven voor je, ik niet,' riep hij.

'Jongens nog aan toe, zo kom ik er nooit, nooit, nooit, nooit!' Ik smeet mijn pen op het papier en liep naar buiten.

'En hoe zit het met je kroniek jongen, heb je al een titel,

wat dacht je van *Kuda Bux, de onoverwinnelijke*, ik ben toch je held?'

'Opa, het zou een stuk gemakkelijker zijn als je me met rust...'

'En zie je niets aan me, kijk maar eens goed,' en er verscheen een brede glimlach op zijn gezicht waardoor zijn tanden zichtbaar werden.

'Een nieuwe tand! Goud?'

'Dacht je dat ik brons in mijn bek zou steken, kom jongen, en raad eens voor wie die tand later is,' en hij keek me zo diep in de ogen vanuit zijn rolstoel dat ik bijna mijn evenwicht verloor en op het terras van de woonwagen neerzakte. Onverbeterlijk, onverbeterlijk was die man. Ik moest bier halen om het te vieren.

Die nacht zat ik halfverdoofd aan tafel te werken aan de kroniek, maar ik zat nog steeds vast, ik wist niet meer waar mijn gedachte was opgehouden en ik wilde tot elke prijs achterhalen hoe die verderging. Toen hoorde ik die vreselijke vloek en een ruit die sneuvelde in de woonwagen van opa Bux. Wat nu weer?

Hij was in alle staten. Hij zat te kokhalzen en kreunde: 'Ik heb hem ingeslikt, ik heb hem verdomme ingeslikt.' Ik sloeg hem op de rug zonder resultaat.

'Ik wilde nog een laatste biertje drinken, een slaapmutsje, maar de opener was op de grond gevallen en ik vond dat ding nergens. Die tand is er niet goed in geplaatst, morgen vermoord ik die tandarts, komaan gloednieuw en je zou er geeneens een biertje mee kunnen opentrekken, dat is toch al te gek, ik zeg het je, tweederangskwaliteit, en dat moet ik niet in mijn bek, morgen gaan we naar die tandarts, hoor je me, morgenvroeg breng jij me naar de stad.'

Ik ging naar huis om moeder om hulp te vragen, vader werkte in ploegendienst en was al drie dagen weg. 'Asperges,' zei ze, 'hij moet asperges eten om zijn stoelgang te bevorderen.'

'Mijn stoelgang bevorderen, mijn stoelgang bevorderen, ik heb helemaal geen problemen met mijn stoelgang, vrouwmens.'

'Luister eens, opa, die asperges...'

'Ben je nu helemaal, asperges.'

Het duurde drie dagen voor hij de tand vond. Nadat de tandarts er de tand opnieuw in had gestoken had grootvader hem gezegd: 'U weet toch dat een python een varken in één hap kan verslinden, hoop ik.' De operatie was gratis en op de goede afloop trakteerde opa Bux in café Vreugd na Arbeid. Sinds dat korte bezoek aan het café was ik verkocht. Hoe zou ze heten, was ze al getrouwd, nee, ze zag er nog jong uit, ze heeft mij waarschijnlijk niet gezien, ik moet terug, ik moet haar terugzien, maar hoe moet ik dat nu aanleggen, een brief, een gedicht. 'Je moet ze doen lachen,' zei opa altijd, 'dan heb je ze zo binnen, die andere, die droge wijven zijn de moeite niet, daarmee is het altijd wat, dit niet of dat niet, en ik kan het weten want ik ken alle wijven van de stad en omstreken.' Alles goed en wel, maar hoe moest ik haar aan het lachen maken?

'Wat lig jij daar te wroetelen, voelen we ons niet goed?'

'Dat zijn buikspieroefeningen, opa, ik heb wat te weinig beweging de laatste tijd.'

'En hoe heet ze?'

'Opa, godver, zo kan ik me niet concentreren.'

'Ze heeft toch geen snor mag ik hopen, als ze een snor heeft mag je het...'

'Alstublieft zeg, ik weet niet hoe ze heet, waar ze woont en hoe oud ze is maar ze heeft geen snor.'

'Wat lig jij je daar toch af te peigeren, hoeveel heb je er al?'

'Zesenvijftig.'

'Toen ik zo oud was als jij deed ik er tweehonderd op mijn dooie gemak.'

'Het is je aan te zien ook.'

'Wat zeg je, met al dat gezucht en gepuf, spreek toch wat duidelijker.'

'Dat je het er ver mee gebracht hebt.'

'Rotjong, een beetje meer respect voor je grootvader zou je niet misstaan, ik zal je vanavond rond het vuur eens een echt liefdesverhaal vertellen, daar zul je van opkijken, meneer.'

Ik moet toegeven dat ik er weinig van gehoord heb want ik had nogal last van krampen in mijn buik en ben vroeger dan normaal in bed gekropen.

Ik werd wakker toen een streep licht, die door een kier in de zware gordijnen kwam, over mijn gezicht viel. Het was al middag. De woonwagen baadde in een nevelige mengeling van verhitte olijfolie en look. Ik liep naar buiten zonder moeder te groeten en hield mijn hoofd onder de waterpomp. Het water drong diep in mijn huid. Mijn gedachten waren maar van een ding vervuld, en ik zong stilletjes:

Ik ben van plan je in een klooster onder te brengen
een klooster met sterke bronzen tralies
daar zal niemand je kunnen zien
daar zullen ze deze roos niet kunnen stelen

Vandaag kwam vader thuis van de fabriek. Hij heeft een hele dag aan een stuk door geslapen. Moeder had mij om verse inktvis naar de markt gestuurd. Ik slenterde door de bedwelmende drukte en besloot wat te drinken in Vreugd na Arbeid. Ik besefte niet dat het de mooiste dagen uit mijn leven waren. Ik wilde een koffie vragen maar bestelde een glas wijn, zo oogverblindend was ze. Er zat veel volk op het terras en af en toe kon ik een glimp van haar opvangen. Ik zou daar wel eeuwig zo kunnen blijven zitten. Nog één glas en dan ben ik ervandoor. Het was wat naar mijn hoofd gestegen, met die zwoele warmte en zo. Zou ik haar nu iets zeggen? Ik wenkte haar en betaalde de wijn. Natuurlijk vergat ik mijn inktvis. Toen voelde ik haar hand op mijn schouder: 'Meneer, uw boodschappen,' zei ze met de zak in haar hand. Ik slalomde met honderd per uur de berg af, hoe mooi is toch mijn land.

Terwijl moeder aan het toveren was achter het fornuis en vader een douche nam, ging ik op bed liggen en sliep mijn kleine roes uit. Moeder moest me wekken, het rook heerlijk in de woonwagen. We aten buiten, aan de lange tafel.

'Je weet toch dat die kerels zelfmoord kunnen plegen door hun eigen tentakels op te eten,' wist grootvader, doelend op de pan heerlijk geurende inktvis.

'Toe nou vader, moet dat nu echt.'

'Ik zeg het maar, ik zeg het maar. Je weet toch dat toen je tien was er een van die beestjes je flink te grazen heeft gehad, heeft hij je dat nooit verteld, Kuda?'

'Moet dat nou echt, vader, ik heb een zware week achter de rug.'

'Kom zeg, niet zo prikkelbaar. We zaten met ons zessen, een, twee, drie, wat zeg ik zeven, met zeven zaten we in die opgevoerde Peugeot, op weg naar zee, jongens wat een ellendige tocht was dat, bloedheet, geen schuifdak, en ik had nog buiten mijn weten om de verwarming laten draaien ook, je kunt je voorstellen. Heb jij ooit El Toro gekend, wel, die zat er ook tussen, en hij was het die gezegd had dat het maar een kleine drie uur rijden was, mijn god, na vijf uur bollen waren we nog niet over de bergen, we hebben verdomme met ons zevenen in de auto moeten maffen, stel je voor, en je vader maar snurken, hij was met moeite tien jaar. El Toro, ik vergeef het hem nooit, hij kende een kortere weg naar de zee, mijn god, we reden drie uur zonder een huis tegen te komen, en ons water was al op van de vorige nacht, er was alleen nog lauw, wat zeg ik, warm bier, wat moesten we anders drinken. Toen we dan uiteindelijk de zee bereikten kropen we allemaal nogal beschonken uit de auto en strompelden we naar het water. Je vader was nog niet goed in het water gedoken of er hing al een kalmaar aan zijn lippen te bengelen, hup kleren aan en naar de dokter, ik zeg het je, kinderen zijn een zegen. "Calamaris, calamaris!" riep de vrouw die de deur voor ons opendeed, de dokter was op visite maar hij kon ieder ogenblik terugkeren, die lip leek wel een ballon, jongen, wat een gedoe, wat een gedoe.' Grootvader nam een grote slok bier en stak een stuk inktvis in zijn mond.

'Heerlijk Maria, waarlijk fantastisch, jij hebt geluk jongen, met zo'n vrouw,' en hij nam nog een stuk, 'die van mij was een ander paar mouwen, hoe langer hoe zachter was zowat de enige keukenregel die ze had, stel je voor, bakstenen waren die lappen vlees, je kon er een boer mee van zijn paard slaan, wat zijn ze heerlijk, Maria, schat van me. Haal nog eens een biertje voor je grootvader.'

De avond viel. Een zacht briesje sloop door het kamp en verfriste onze gedachten. De lakens van tante wasmachine weerkaatsten de maan, het vuur werd aangestoken, de gitaren gestemd. Een lichte euforie overviel mij, en ik ging onopgemerkt naar mijn tafel. Ik schreef: 'Een rode spons kan zich in duizend stukken verdelen en daarna weer een geheel vormen.' Lag daarin niet het gevecht met mijn tafel besloten: de eenmaking? Het leven trok aan mij met duizenden tentakels, wat moest ik doen, beleven of verzinnen? Zou het niet eenvoudiger geweest zijn alles te verzinnen, misschien was die eenmaking gewoon een illusie, en de kroniek een leugen of een historische vertakking zonder doel, zonder richting of stamboom. Ik kon niet anders dan de dagen vlugger neerschrijven dan ze verliepen, ik moest inbinden want het leven riep mij, ik had geen keus. U weet toch dat in het menselijk lichaam voldoende zwavel aanwezig is om 2200 lucifers van te maken!

*

Het is windstil en de bomen rond het kamp zwijgen. Grootvader ligt in zijn hangmat in gesluimer verzonken en tante wasmachine haalt de was binnen. Ik zit op het overdekte terras naar een mus te kijken die een stuk brood waarop ze staat probeert op te tillen. Het is zomer en ze zoeken een kelner in Vreugd na Arbeid. Waarom zou ik het niet proberen, je kunt het toch vragen, gewoon vragen, en dan is het ja of nee. Misschien valt er wel iets uit de lucht, en ik ben eens uit het kamp. Ik reed langs de zandweg en werd door een zenuwachtigheid overvallen, wat ga ik daar in dat café zoeken. Ach ja, we zullen wel zien. Ik zette mijn fiets tegen de okeren gevel en ging wat onwennig naar binnen. De vaste klanten keken me aan in de trant van wat smijten ze daar nu over de vloer. Er hing een verfrissende kilte in het café. De baas stond in een spiegel te kijken terwijl hij zijn vest afborstelde. Hij keek om en ik knikte kort. Ik stelde me voor en begon mijn verhaal, maar hij onderbrak me en zei wat nerveus dat meneer Bux voor alles had gezorgd, dat mijn kleren beneden hingen en dat ik morgen maar met Zoë moest afspreken om de uren te verdelen, maar dat hij er dringend vandoor moest.

'Zoë.'

'En hoe is de sollicitatie verlopen jongen?' vroeg hij me met een brede glimlach vanuit zijn hangmat.

'Opa, ik wist niet dat je die mensen kende, je kon me toch wel...'

'Iedereen kent de oude Bux, 1935 weet je wel, Engeland, het vuur, wel, ben je tevreden, zullen we het vieren?'

Hij heeft alles in handen, hij heeft gewoon alles in handen, dacht ik, maar toch was ik blij en vervuld van een onbekend verlangen.

'Wat trek je daar nu voor een gezicht jongen, kom op, binnenkort is het prijs.'

'Opa, alstublieft.'

'Ja maar, staat het je niet aan? Ik ken genoeg andere jongens die kelner willen worden hoor in de nabijheid van zo'n schoonheid.'

'Je kende haar al?'

'Van voor haar geboorte, ik ben haar vader.'

'Zeg dat het niet waar is, zeg dat het godver niet waar is!'

'Natuurlijk niet jongen, heb ik je even doen gaan toch, en tussen haakjes, morgen rij je met de auto, die fiets mag je nu wel vergeten, ik betaal de benzine. Ach Zoë, het is een prachtmeid, weet je toen ik je grootmoeder ontmoette zat er ook vuur in de lucht, ik herinner me...'

'Zeg opa, tussen haakjes, Zoë is toch nooit bij jou op bezoek geweest in de wagen?'

'Ach, het vlees is zwak, ik moet het toegeven, één keer kon ik me niet...'

'Grootvader, alstublieft!'

'Zoë is te mooi voor mijn wagen, veel te mooi. Kom zet de tv aan, we willen *Mens en dier* toch niet missen zeker?'

'Aj.'

'Geef er maar een flinke tik op, zo ja, harder, voilà.'

'Dames en heren, deze avond nemen wij u mee naar de wondere wereld van de kleinste levende vogel...'

'De hommelkolibrie.'

'...de Cubaanse hommelkolibrie. Hij is ongeveer vijf centimeter lang en weegt minder dan tweeënhalve gram. Deze vogel kan zijn vleugels met een snelheid van tachtig slagen per seconde bewegen. Hij is in staat achteruit te vliegen en bij een bloem stil te blijven hangen om nectar te verkrijgen. Als hij zich niet voortdurend voedt sterft hij binnen een paar uur van de honger. Hier zien we hem voor een bloem hangen...'

'Wel heb je ooit, 't is toch bijna niet te geloven.'

*

Het vuur knettert, de handen klappen tegentijds. Ik zit op het terras, in de buurt van mijn tafel, te dromen. Het is een zachte avond, een honingzoete avond want de toekomst lacht me toe. Morgen, morgen zal alles anders zijn.

Ik kan niet slapen
ik kan niet slapen
de maan danst in mijn kamer
ik kan niet slapen
ik kan niet slapen
de vlammen zijn klaarwakker

De klanken vervliegen als rook, ik krijg ze niet op papier, waarom zou ik ze ook willen vangen, ze zijn tijdelijk zoals de wereld rondom mij, al zoekend kom je altijd ergens uit, waar een wil is is een wegversperring, is het niet, opa, ken jij de weg, kun jij me vertellen waarheen we draaien? Naar Zoë natuurlijk, naar Zoë Zoë Zoë! Had ik maar een foto van haar, ik kan me niet eens meer voorstellen hoe ze eruitziet, ik krijg haar maar niet te pakken. Hoe klinkt haar stem ook alweer? Meneer, uw boodschappen, hoe mooi had ze dat gezegd, pure poëzie was het, ja, pure poëzie. Ik had geen zin om te slapen, ik wilde de hele nacht aan haar denken. Het was al na middernacht toen ik naar bed ging. Er hing een klamme warmte in de woonwagen. Ik opende het raam en werd algauw geplaagd door een mug, die beestjes dansen, zegt opa, en ze slaan duizend keer per seconde met hun vleugels. Ik begon de slagen van mijn hart te tellen en viel in slaap. Ik werd wakker naast mijn bed, dat beloofde wat. Ik keek lang in de spiegel en kamde mijn haar op verschillende manieren, ik stelde mezelf voor en oefende een paar intrigerende blikken. Ik gaf moeder een zoen en liep naar buiten. Grootvader smeet me vanuit zijn hangmat de sleutels van de 404 toe en wenste me succes met Zoë, dat werk interesseerde hem ook niet, opdienen en afwassen kon iedereen, maar een mooie vrouw het hof maken, daar kon je je nog verdienstelijk mee maken.

'Nee moeder, ik krijg daar eten, ja tot vanavond.'

Ik joeg de haan van de motorkap en vertrok. Nadat ik het zonnebloemenveld gepasseerd was draaide ik het raam open. Daar was het pleintje met het Mariabeeld. Als moeder hier voorbijkwam ging ze aan het prevelen en begon ze zich spontaan te bekruisen. Ik parkeerde de auto vlak voor het café in de schaduw onder de bomen en controleerde of ik alles goed gesloten had, het was tenslotte Bux' auto. Ik stapte al veel zelfverzekerder het café binnen. Was ik te vroeg?

'Nee, je bent alleen vandaag, Zoë komt niet, ze heeft haar been gebroken, het kan wel drie weken duren, zegt haar moeder.'

Dat begon goed. Toch vond ik het niet zo erg, bij nader inzien was het misschien een uitgesproken kans om haar te leren kennen, ik kon haar misschien bezoeken, collega's onder elkaar. En weten dat zij die glazen had aangeraakt, dat zij op die trap had gelopen, zich had uitgekleed in die kelder, kijk daar hingen haar schort en haar witte bloes, ik kon mijn geluk niet op. Na een paar dagen bier tappen, flessen opentrekken, glazen afwassen en bestellingen opnemen had ik haar al omhelsd, maar ze wist het nog niet. Ik werkte veel in die dagen, de liefde eiste haar tol, ik viel in slaap aan mijn tafel en geraakte nog met moeite tot aan het vuur, en met het begin van het hoogseizoen en de komende wielerwedstrijd in het vooruitzicht zat er voor de eerste weken geen verbetering in, maar hoe meer ik werkte hoe dichter Zoë naderde en dat was van levensbelang.

3

Het is donderdag. Ik zit op het terras achter mijn tafel met zicht op de wereld. Vandaag hoef ik niet naar het café, het is bij uitzondering gesloten. Het is zo'n dag dat het tot mij doordringt dat de aarde waarop ik rondloop vierenhalf miljard jaar bestaat, en de mens hoogstens een paar honderdduizend jaar. Ik weet dat we van de apen afstammen. Een gorilla slaapt gemiddeld veertien uur per dag, dat is zowat de tijd dat mijn grootvader in zijn hangmat doorbrengt, ik heb het privilege de ontbrekende schakel als grootvader te hebben. 'De aap werd een mens maar het beest bleef een beest,' het is misschien zijn leefregel, want als ik hem mag geloven is hij immoreel, dat beweert hij althans. 'Nee, Kuda, nee, niet zoals de natuur, die is in wezen amoreel. Weet je jongen, waren de dinosaurussen niet uitgestorven, waren wij er hoogstwaarschijnlijk nooit geweest, de mensen denken dat alles zo verlopen is omdat het nu eenmaal niet anders kon, de mens is ontstaan omdat hij moest ontstaan, pure nonsens, de evolutie is richtingloos, zoals de geschiedenis, het vuur en de verhalen, dat is waar het hem allemaal om gaat, je moet eens om je heen kijken, je kunt toch bezwaarlijk van een progressieve ontwikkeling spreken dunkt me, je moet je ogen eens opendoen.' En dan wordt het even stil en wordt er een fles bier opengetrokken tot hij verdergaat zonder het vooraf geprogrammeerd te hebben: 'Weet je waarom die verhalen zo belangrijk zijn jongen, weet jij waarom ik iedere avond bij dat vuur tegen de televisie zit te concurreren, omdat ik niet geloof in die vernieuwingen, het moet alsmaar sneller en sneller, we kunnen het niet bijhouden jongen, ik zeg je dat die revolutie nergens goed voor is, kijk maar eens naar die kleine monstertjes om je heen, als ze naar mijn verhalen zouden luisteren, naar de mythen van de voorouders, zou al die ellende er niet zijn, neem dat maar van mij aan, maar nee, ze willen zich afzetten, ze willen vernieuwing, origineel zijn, en al die zever, terwijl ze niet inzien dat ze hun eigen graf en dat van vele anderen aan het delven zijn, wat gebeurt er toch met onze lieve kindjes vragen ze zich af, ach die arme schaapjes, je moet ze de verhalen doorgeven, de dans en de gitaren rond het vuur, anders valt de boel uiteen en zoiets ruiken de fascisten, ik durf er mijn kop om te verwedden jongen, dat als jij dertig zal zijn de mensen hun heil zullen zoeken in de tradities, pottenbakken en trommelmuziek, het kan mij niet schelen wat, maar we kunnen niet blijven vernieuwen, kijk maar naar de schrijvers, die zagen toch ook altijd over de liefde, jij hebt het toch ook over Zoë, of vergis ik me misschien, zeg me niet dat je het over de zin van het leven hebt alsjeblieft want daarover valt niets te zeggen, hoed je voor romantiek jongen, dat leidt ook tot fascisme, en je weet wat ik daarvan vind?'

'Waar ga jij naartoe, je hebt toch vrij vandaag?'

'Een ritje maken.'

'Doe haar de groeten. Zeg, krijgt opa geen kus meer dan, ben je hem nu al vergeten?'

'Ja ja. Wat is dat, opa. Een ring? Wat moet ik daarmee?'

'Hij is ooit van je grootmoeder geweest, geef hem haar en alles komt in orde, vertrouw me maar.'

Dat zal dan wel weer, dacht ik bij mezelf terwijl ik zei: 'Maar grootvader, ik heb nog geen woord tegen haar gezegd, ik kan toch moeilijk aanbellen en zeggen: "Hola! Ik ben Kuda en ik heb iets voor je", komaan zeg.'

'Je zult het wel zien, geef haar de ring en ze is van jou.'
'Dag opa, slaap lekker.'
'Rotjong.'

Wat fleurt ze op
wat fleurt de Alcalastraat op
wat fleurt ze op
als de zigeuners zich daar vertonen

Ik parkeerde de wagen in de berm tegenover nummer 24. Ik had het adres van de baas, hij heeft het me zo gegeven, ik vond hem meer verdacht dan mezelf; dat hij het me zomaar zei terwijl hij de televisie wat harder zette, hij was totaal niet geïnteresseerd in waarom ik het vroeg, maar het belangrijkste was dat ik het had. Opa wist het waarschijnlijk ook, maar de kans dat hij mij naar een andere plek zou sturen was niet uitgesloten, ik ken zijn streken ondertussen wel. Ik bleef nog even zitten in de auto om naar het weerbericht te luisteren. Dat beloofde wat, we zouden mogen draaien tijdens de ronde, dertig graden, zelfs de wielrenners zullen bij ons iets drinken. Het huis ademde stilte. Zenuwachtig, ik, kom zeg, ik heb al voor hetere vuren gestaan, ik breng toch gewoon een bezoekje aan een collega...

...die je met moeite twee keer gezien hebt, en waar je stapel van loopt, nee, ik zou ook niet zenuwachtig zijn, dat is toch de normaalste zaak van de wereld, aanbellen, haar een ring rond haar vinger steken en zeggen: 'Nu ben je van mij, kom we zijn hier weg, we gaan op huwelijksreis naar de Bahama's, je hebt gelijk, het zou stom zijn daarom te staan flippen, kom op, waarop wacht je nog, haar ouders zullen je met open armen ontvangen, zo een goede partij, een kelner die schrijft en in een wagen woont, ze kunnen zich toch niets beters voor hun dochter indenken, hoe zou je zelf zijn, wees eerlijk, met zo een fraaie auto, luister, ik denk dat ik, ja haast je maar, ze trekken de champagne al open...

Ik bleef versteend in de auto zitten, wat moest ik doen, hoe moest ik het aan leggen, wat had ik te verliezen, Zoë misschien. Ik voelde mijn hart in mijn keel bonken en in mijn buik zaten geen vlinders, maar zat een kolonie kangoeroes. Hoe kon dat nu, ik ben toch van nature kalm, de kalmste mens op de hele wereld, ik stond toch boven alles? Ik zocht in het handschoenenkastje naar een sigaret om mijn zenuwen wat te temperen.

'Een blaffer, wat moet die hier, opa, godver, wat doet dat ding hier, o god, o god, het is weer eens perfect, een geflipte echte blaffer, en hij is nog geladen ook, nee opa, ik denk bij nader inzien dat ik Zoë toch niet ga ontvoeren nadat ik, wat kon ik anders, haar vader een kogel door het hoofd gejaagd heb, hij had er zelf om gevraagd, Jezus Maria Christus, een blaffer. Goedendag mevrouw, ik ben Kuda Bux, u weet wel van de woonwagens en ik vroeg me af of u geen zin had in een partijtje Russische roulette, hè, wat dacht u ervan, de winnaar krijgt uw dochter, jongens, jongens, ik word nog gek van die bende.'

Ik legde het pistool terug en sloeg woedend op het stuur waardoor de claxon bleef hangen. Nog geen minuut later stond mijn engel op twee krukken steunend in de poort van de hemel, samen met alle buren.

'Het is ook altijd hetzelfde!' riep ik met een glimlach terwijl ik haar aankeek en met beide handen naar de auto wees.

'Komt in orde, hoor, komt in orde,' en ik deed de motorkap open en zocht een draad om door te trekken, om het even welke draad, alle draden als het moest, als ik maar van dat vervelende getoeter verlost werd.

'Zeg, ben jij niet Zoë, van Vreugd na Arbeid, dat is ook wel toevallig zeg, ik moest hier in de buurt zijn en, en euh, ja, de wereld is toch klein hè, zo klein, weet je, ik ben een collega van u, ik werk ook in het café, zou u het erg vinden als ik mijn handen even was, ze zijn nogal smerig, zo'n auto vanbinnen...'

Ze zweeg en draaide zich om, ze liet de deur open. Ik was binnen, de dans kon beginnen.

'Zoë, mooie naam Zoë, wat betekent hij eigenlijk?' vroeg ik terwijl ik mijn handen onder de kraan hield.

'Ik zou het niet weten,' klonk haar hese stem vanuit de donkere woonkamer, 'er hangt een handdoek aan de waslijn op het binnenplaatsje, pak jij hem, met mijn been...'

'Ja natuurlijk, als ik nog iets voor je kan meebrengen, je moet het maar zeggen, ik heb nooit iets gebroken, maar ik kan me voorstellen...'

'Ja, het is best vervelend, en met die hitte.' Ik kon haar moeilijk zien in die kille, duistere kamer. Maar ik hoorde een beminnelijke stem uit de contouren van mijn Zoë. Ik wist niet goed wat ik moest zeggen en ging naar de papegaai die naast het raam stond.

'Kan hij praten?'

'Och, als hij er zin in heeft.'

'Mag ik hem aaien?'

'Tuurlijk.'

Het werd stil, lang stil. Stil genoeg voor Zoë om te beseffen dat ik verliefd op haar was.

'Zullen we een eindje gaan wandelen?' vroeg ik met overslaande stem.

'Als jij me draagt misschien.'

'Ach pardon, ik was vergeten... Wil je anders dat ik iets haal voor je, een boek, ik kan je misschien iets voorlezen, ik heb de hele dag vrij vandaag.' Iets voorlezen, dacht ik bij mezelf, waar haal ik dat weer vandaan, iets voorlezen, dat loopt verkeerd af.

'Wie kan dat nu zijn?' vroeg ze verwonderd toen er

werd aangebeld, 'doe jij alsjeblieft even open?'

'Goeiedag meneer, bent u de chauffeur van de wagen die hier aan de overkant geparkeerd staat?' vroeg de politieman terwijl hij naar de 404 wees die aan de kraan van een takelwagen hing te bengelen.

'Euh, ja, maar wat doet die...'

'Meneer, wilt u even meekomen, alstublieft. Eén: u mag hier niet parkeren, twee: toen we uw wagen takelden viel er een pistool uit het handschoenenkastje, ik zou toch even een klein minuutje van uw kostbare tijd willen vragen. Mag ik uw papieren en de vergunning van het wapen, alstublieft?'

Zoë was ondertussen naar de deur gekomen en vroeg wat er gaande was. Toen ze mijn auto in de lucht zag hangen schoot ze in de lach. Het was me gelukt, het ijs was gebroken, wat kon mij het schelen dat ik naar het politiebureau moest.

Die avond heb ik langer dan een vol uur hout gekliefd, en bleef ik als laatste bij het vuur zitten, ik heb zelfs mijn vader gekust toen hij thuiskwam van de fabriek. Grootvader zat naar de sterren te kijken en ik hoorde de man van *Mens en dier* weer zeggen dat misschien de eerste aap die de maan zag zich afvroeg waar die vandaan kwam en waarom die steeds van vorm veranderde, en dat hij daarmee de basis voor de vraag naar het wezen van de dingen had gelegd.

*

'Zeg Kuda, heb je haar die ring gegeven?'

'Nee, opa, ik had wel andere dingen aan mijn hoofd.'

'Vergeet het niet jongen, alleen met die ring kun je haar aan je binden voor eeuwig en langer, je moet niet zoveel nadenken, dat is je probleem, eerst doen en dan denken, anders loopt het verkeerd af, geloof me, eerst lopen en dan verklaren hoe het komt dat je vooruitgaat.'

'Ik zal het onthouden, grootvader, ik zal het onthouden, heb ik je al verteld dat ze een papegaai hebben?'

'Nee maar, dat zeg je me nu pas, die wil ik beslist zien, kan hij praten, misschien kunnen we morgen... zit dat meisje nog in het gips, je kunt je grootvader toch wel even voorstellen, voor mij hoef je je toch niet te schamen, zeg?'

'Ik moet werken morgen.'

'Na je werk dan, komaan zeg, je wil haar toch ook terugzien?'

'Ik zou graag wat aan de kroniek werken.'

'Jongen, je gaat het nooit leren, je denkt veel te veel na, je gaat je grote liefde toch niet laten zitten voor wat papier, je bent toch een Bux, of niet soms, moet ik het er misschien in kloppen?'

'Ik denk dat de genen...'

'Genen of geen genen, jij moet je lot aanvaarden, jij moet je leren aanpassen hier, je denkt toch niet dat je met die kroniek van je eraan gaat ontsnappen, jij moet dansen rond het vuur, bier drinken en dat meisje graag zien, dat is wat je moet doen, dat papier komt wel als het moet komen, als het al zal komen, genen, genen, al is negenennegentig procent van die genen een grote warboel, ik zeg dat je je moet schikken naar het kamp, of je gaat dood, punt.'

'Maar opa, denk je dan dat onze familie...'

'En als ik zeg dat ik die papegaai wil zien, zal ik hem zien, morgen na je werk, en daar moet je nu ook je hoofd niet over liggen te breken, wel te rusten,' en weg was hij.

Ik werd iets te vroeg wakker door onze kanarie, die als gek in mijn kamer rondfladderde. Moeder had het water ververst en de kooi gekuist en Derrick had zijn kans schoon gezien. Halfverdoofd probeerde ik hem te vangen.

Ik moet grootvader zeker zeggen dat hij met zijn fikken van die papegaai af moet blijven, was het eerste dat in me opkwam, samen met een beeld van een zwevende Zoë.

'Kom beestje, kom, kom hier, komkomkom,' maar hij wilde niet en ontsnapte door het raam. 'Hij is weg!' riep ik, 'hij is weg!' en ik stormde naar buiten. 'Derrick, Derrick, kom naar je baasje!'

'Je moet er niet over inzitten, hij zal wel hier blijven, hij zal zich nooit buiten het kamp wagen,' murmelde grootvader vanuit zijn wiegende hangmat, 'een beetje frisse lucht zal hem goeddoen, tot vanavond dan,' en hij nam zijn hoed en legde hem over zijn gezicht.

'Heb je hem dan gezien?' vroeg ik lichtjes opgewonden. Er kwam geen antwoord, alleen een vaag gegrom.

Ik zou het vergeten ook, gorilla's moeten veertien uur slapen, dacht ik terwijl ik naar de woonwagen van tante wasmachine liep. Ze was bezig lakens van de waslijn te nemen.

'Kijk jongen, dat is al de tweede witte was, deze nacht één, en deze morgen vroeg een tweede, met zulk weer moet je ervan profiteren, en op nachttarief, kun je je het schoner voorstellen, zeg maar tegen je moeder dat ik deze nacht haar gordijnen zal doen, ik ben benieuwd wat voor een sopje daaruit zal komen, ik durf te wedden dat het van nieuwjaar geleden is dat ze gewassen zijn, gordijnen was je ook niet elke dag, dat geef ik toe, maar van nieuwjaar, je moet het haar niet zeggen hoor jongen, je moet het haar in geen geval zeggen, hoor je me.'

'Nee tante, het blijft tussen ons, heb je toevallig onze kanarie niet gezien, hij is daarnet ontsnapt.'

'Oei, die zie je niet meer terug jongen, die is gaan vliegen, je moet het niet tegen je moeder zeggen hoor, van die gordijnen, iedereen vergeet wel eens wat.'

'Neenee,' zei ik en ik ging verder.

'Zeg, is het waar dat je een meisje hebt?'

'Wie zegt dat?'

'O niemand, ik heb het zo horen waaien, daar zit je vogeltje, daar bij de waterpomp, als hij het maar niet waagt aan mijn lakens te komen die kleine opdonder, pak hem dan toch jongen, wat sta je daar te staan, pak dat ding dan toch.'

Na wat geharrewar rond de pomp kreeg ik Derrick terug in zijn kooi. Ik kleedde me aan, verfriste mijn gezicht en dronk snel een kop koffie. 'Ach Zoë,' zuchtte ik terwijl ik de auto startte. Onderweg zag ik niets.

'Je bent laat,' zei de baas stroef, 'we moeten er invliegen vandaag, Bux, overmorgen begint de ronde, je komt beter wat vroeger dan te laat, ik kan je niet zeggen wanneer je deze avond naar huis zal kunnen, je zal hoogstwaarschijnlijk moeten overwerken.'

'Bux, Bux, Bux, zeg maar gerust Kuda,' mompelde ik.

De dag vloog voorbij als een pijlinktvis, ik had geen moment de tijd om na te denken. Normaal stop ik om acht uur. Om vijf voor acht stopte een taxi voor Vreugd na Arbeid en werd het portier voor opa Bux opengedaan. Hij kroop uit de auto, betaalde de chauffeur en mankte steunend op zijn wandelstok met de vergulde scarabeekop naar een stoel op het terras. Ik was juist de koelkasten aan het bijvullen, hij had niet gezien dat ik hem in het vizier had. Hij haalde een sigaar uit de binnenzak van zijn bruine gestreepte jas en stak hem zelfverzekerd aan. Zijn hoed, de zonnebril, de wandelstok, alles zat in de juiste verhouding. Een lichte huivering bekroop me, je kon niet anders dan die man aan het juiste tafeltje, in het juiste licht, met respect bejegenen.

'Ik moet overwerken, opa, ik denk niet dat het vandaag zal lukken.'

'Ik wacht wel, ik heb de tijd jongen, doe jij maar je werk, breng me een glas, wil je.'

Het was rond half tien toen ik in de kelder tegen Zoës bloes stond te praten, ik gaf haar een zoen en hoopte stilletjes dat opa Bux er al vandoor zou zijn.

Als er gevaar op komst is zal de orang-oetan luid boeren. Ik ben er nog niet uit, hij is geen rat, want die kunnen niet overgeven.

'Gaat het opa, heb je je weer niet kunnen...'

'Ik heb te lang in de zon gezeten, had jij niet zo lang in dat café rondgehuppeld...'

'Het zal nog mijn schuld zijn ook zeker, hier drink wat water, gaat het, kom we gaan naar huis.'

'Over mijn dooie lijf, eerst naar die papegaai.'

'Opa, dat kun je mij toch niet aandoen.'

'Naar die papegaai zeg ik, godver...'

Eerst wilde hij achter het stuur kruipen omdat hij mij niet vertrouwde, maar ik heb hem gelukkig kunnen overtuigen. Onderweg heb ik nog twee keer moeten stoppen.

'Het ziet er nogal donker uit,' zei ik terwijl ik mijn blik over het huis liet gaan.

'Bellen.'

'Oké, oké, kalm maar. Opa, mag ik je één ding vragen, alsjeblieft, ik zou het op prijs stellen...'

'Jaja, opa zal braaf zijn, ga je nu nog aanbellen of hoe zit het, ik ben niet van plan hier de hele avond te zitten, en ik heb dorst.'

'Opa!'

Ik deed alsof ik aanbelde terwijl ik over mijn schouder grootvader in de gaten hield.

Wat moest hij toch met dat pistool, kwam het in me op.

Ik hoorde iemand hoesten.

Nee, schudde ik naar opa die door het zijraam op de loer lag. Ik sprong snel in de auto en wilde starten.

'De sleutels, waar zijn de sleutels, ik zou toch zweren dat ze... opa?'

'Je bent er zeker van dat er niemand thuis is?'

'Geef op, hier met die sleutels.'

'Jaja, je moet je niet zo zitten opwinden, je hart jongen, je hart.'

We reden naar huis zonder een woord te zeggen. Ik weet niet of het een met het ander te maken had, maar 's avonds rond het vuur vertelde opa Bux een merkwaardig verhaal over twee broers. Hij zei ongeveer dat er in het land van driekwart ijs eens twee broers leefden, die met hun ogen vanuit hun schommelstoel alle materie van de grond konden opheffen en naar zich toe konden laten vliegen. Zo vingen zij karpers uit de rivier, konden zij dagelijks hun kruiken met water vullen en hout sprokkelen en klieven voor het vuur waaromheen zij zich 's avonds warmden. En hoewel deze gaven hun leven verlichtten waren ze niet gelukkig, omdat ze er niet in slaagden elkáár op te heffen om naar de onbereikbare groene bergen te vliegen. Ondanks verwoede pogingen waren ze niet in staat de donkerblauwe vogel uit de bergen te evenaren die zonder te klapwieken een vol uur in de lucht kon cirkelen, en dat stemde hen triest. Op een avond echter zaten de broers rond een groot vuur. Toen rees uit de grillige vlammen een geest op en die sprak: 'Ik ben de geest van de Drijvende Hemelbrug, een deel van de vereniging van Izanagi en Izanami, de weefzaal is het onvoltooide universum waaronder de groene bergen en het lot dat me bij jullie heeft gebracht ligt. Al ontelbare eeuwen lag ik besloten in de mogelijke vlammen die deze combinatie van het hout veroorzaakt op deze kille avond. Jullie hebben me bevrijd en daarom zal ik jullie het geheim van het groene centrum onthullen, indien jullie mij in leven kunnen houden.'

'Het geheim van het groene centrum?' herhaalden de

broers terwijl ze elkaar verbaasd in de ogen keken.

'Ja,' zei de geest, 'heel langgeleden, toen Onogoro nog maar een mogelijkheid was, was er een oude man die zorgvuldig alle mogelijke combinaties van woorden over de hele wereld verzamelde. Jaren trok hij zich terug op een open plek aan de rivier onder een witte boom om zich er volledig aan zijn roeping te wijden. Ieder geheel van combinaties bundelde hij in een groene steen. Zo kwam het dat hij oneindig veel stenen rond zich verzamelde die de groene bergen zijn geworden. Toen de koude intrad hakte hij de witte boom om en maakte hij een vuur dat mijn geboorte veroorzaakte. Hij vertrouwde me de combinatie toe die de formule bevat om mensen te leren vliegen. Met de laatste steen verdwenen alle licht en zuurstof in wat een immense grot was geworden. Samen met het geheim van de vliegkunst doofde ook ik. Ik nam me voor mijn redders de kunst van het vliegen te schenken, een noodzaak om het centrum van de groene bergen te bereiken.'

'En, dierbare geest, wat kunnen wij voor u doen om deze edele kunst ook tot de onze te maken?' vroeg een van de broers.

'Breng mij alle hout van Oost, West, Noord en Zuid en ik zal jullie belonen.'

Zo gebeurde het dat de broers al het hout tot zich lieten komen om hun vuur levend te houden, de dode bomen en de levende bomen, schuttingen en hengels van bamboe, schepen en torens. Het vuur brandde hevig en de vuurtongen vlamden hoog boven de groene bergen uit. De geest, tevreden over de prestaties van de broers, toonde zich bereid om zijn belofte na te komen. Hij sprak tot hen: 'Daar in de verte kun je de horizon doorbroken zien door de groene bergen, die de hoogste zijn van de hele wereld. Ga erheen en beklim ze tot je de top hebt bereikt. Eenmaal daar gekomen sluit je je ogen en je zult zien dat je gewichtloos zult zijn en zo naar het centrum van de bergen kunt afdalen. Het zal een zware tocht worden, vertrek vandaag nog, voor het vuur jullie de weg verspert.'

En het vuur brandde en het verslond steeds meer bomen, grote, kleine, dunne, dikke, dode en levende. Hele bossen verdwenen en houten hutten werden door de geest verteerd. Toen de broers aan de voet van de groene bergen waren gekomen was er geen splinter hout meer op de hele aarde. Aangezien er geen bomen meer bestonden en er een immense vlammenzee woedde, begon de aarde in het land van driekwart ijs op te warmen. Het ijs begon te smelten en massa's water zetten het land volledig onder. De vloedgolf bereikte na drie dagen ook het vuur, en het vuur doofde samen met de geest en zijn toverkracht. 'Hier is het,' zeiden de broers en ze sprongen met gesloten ogen van de groene bergen.

Opa Bux had het verhaal van zijn grootvader gehoord, die het op zijn beurt van een Japanse reiziger had opgevangen. Daarna begon hij te vertellen over reuzenkrabben die tot dertien kilogram konden wegen, Japanse krabben, maar ik had allang mijn ogen gesloten en was in het zingend vuur gesprongen.

*

Hier in het kamp sta je middenin het leven, er is geen ontkomen aan. Hier tussen de woonwagens kun je niets anders zijn dan een erfgenaam, een schakel in de familie waar geen plaats is voor individuele benaderingen die leiden tot de ellendige wereld buiten het kamp, volgens opa Bux. De wereld is het kamp, het kamp heeft ons gevormd. Als het vuur dooft zullen de verhalen doven en daarmee onontkoombaar de ware liefde. Wie de tradities wil ontwrichten, ontwricht de wereld. Ik begrijp niet altijd direct wat ik er precies mee bedoel, maar ik voel er iets bij, het zijn woorden die zichzelf schrijven binnen de vier zijden van mijn tafel, die ook deel uitmaakt van het kamp. Ik weet dat ik meer schrijf dan ik zelf zie, ook als ik tegen Zoë spreek zeg ik meer dan ik zeg. Misschien heeft mijn grootvader me wel met liefde leren schrijven, zonder al te veel tralala en gewichtigheden. 'Zoals het leven zul je nooit kunnen schrijven,' heeft hij me een paar weken terug verteld na een aflevering van *Mens en dier*, 'daarvoor schiet de taal tekort, maar dat weten we nu onderhand wel al, kijk,' ging hij geanimeerd verder, 'als je voor mij op papier het geluid van het knetterend vuur kunt neerschrijven, zal ik voor je boeken buigen, anders zal ik ze in geval van nood als brandstof gebruiken.' Het zette me in ieder geval aan het denken. En al wat brandt en gloeit, al wat schittert en hartstocht is? Ach, deze eeuw van... Vader? Wat zegt jouw stem?

Ik ben moe van het zware werk
de fabriek buit mij uit
maar ik moet de elektriciteit betalen
anders snijden ze ons af
ik zwoeg om de zakken van een ander te vullen

Vader zat bij het vuur te zingen, Paco speelde gitaar. Het vuur brandde hevig, de vlammen kropen hoog boven hun vreemde gezichten. Alles klonk bitsig en kwaad, de ogen, de handen en de snaren begrepen elkaar. Dat was geen zingen meer, dat was het leven zelf dat ik hoorde janken, en de tranen waren als olie op het eeuwige vuur.

O zeg mij, maan, wat moet ik doen
het zware werk heeft mij afgemat
het staal in de fabriek is meedogenloos
ik buig en zwijg en sla

Ik probeerde te begrijpen wat er gezongen werd, wat er omging in de man die mijn vader was. Hier in mijn kamer in de stad zie ik altijd datzelfde beeld, een gekartelde zwartwitfoto waarop hij ernstig in de lens kijkt. Zijn hoed staat wat scheef en dat maakt hem breekbaar. Het is een foto waarin ik een stuk van mezelf zie. 'Zo zijn de wetten', schrijf ik op, 'en de wetten van het vuur zijn eeuwiger dan die van de fysica.' Tranen vallen niet, vader, ze rollen langs een gezicht van vlees en bloed, ze blijven altijd wel ergens hangen ondanks de zoute beelden die ze verdragen, je hebt de ogen van een Bux, ik heb het altijd gezien.

En wat later val je om van de slaap en je droomt van de groene rotsen en de haan kraait je wakker. Wat heb ik je gezegd, middenin het leven sta je hier, luister maar...

'Gel, gel, wat is dat voor iets, gel!' riep hij kwaad terwijl hij de tube bestudeerde.

'Dat is voor in je haar, opa, om het in vorm...'

'Daarvoor gebruik je brillantine jongen, wij gebruiken daar brillantine voor, gel, in een tube nog wel, waarom leg je die dan net naast de tandpasta ook, dat is verwarrend jongen, stel dat ik een tube lijm naast de tandpasta zou leggen, gel, waar blijven ze het godver vandaan halen!'

'Opa, hoe kon ik nou weten...'

'Ja ja, 't is al goed, breng me liever een glas water, had er nu nog een aardig smaakje aan gezeten, verdomme nog aan toe...'

'En waar gaat de reis naartoe?'

'Als meneer zich met zijn eigen zaken zou willen bemoeien, ja, en breng me liever een biertje in plaats van een glas water, met water krijg ik die rotsmaak in geen geval uit mijn smikkel.'

'Zozo, onze Duitse vorst is weer wat prikkelbaar.'

'Begin niet, kalf, begin niet of je krijgt een pandoering, heb je me verstaan!'

Toen zag ik door het raam tante wasmachine volledig uitgedost naar onze wagen komen, wat zouden zij en grootvader van plan zijn, ik was waarschijnlijk geconditioneerd, ik bedoel, Zoë en de liefde broeiden in mijn hoofd, dus.

'Binnen!' schreeuwde hij.

'Och Kuda, ik wist niet...' zei ze, zich naar opa wendend.

'Ik ben zo weg hoor, tante, je moet niet op mij letten, ik...' glimlachte ik.

'Ja jongen, er wordt hier van tijd tot tijd ook nog gewerkt hoor, je tante en ik gaan op klantenbezoek, je moet de mensen vertrouwen geven, en dat doe je zomaar niet, helderziendheid is werken geblazen, het komt zomaar niet naar je toe.'

Ik had zijn argumentatie nog wat kunnen uitbuiten, maar ik ben wijselijk voortgegaan.

'Breng je ons nog een biertje, die jeugd van tegenwoordig, heeft die jongen me een tube gel gekocht, waar blijft hij het halen, waar blijft hij het om de liefde van God halen!'

Ik heb nooit geweten wat dat klantenbezoek precies inhield. Ik weet wel dat het kermis was en dat ik moest werken tot ik erbij neerviel. Ik zwaaide nog even naar de twee terwijl ik toeterde en vertrok naar Vreugd na Arbeid. Ik kon de auto nergens kwijt. Er heerste een opgetogen drukte in de overvolle straten. Supporters en toeristen hadden de stad veroverd met hun spandoeken en uitvergrote foto's van hun favorieten, wier naam ze met witte verf op de trillende kasseien schilderden. Kinderen kronkelden zich overal doorheen met de bruisende energie van de eerste dagen van de grote vakantie. De politie en de mannen van de stad waren drukdoende met het opstellen van de dranghekken onder het gepiep en gekraak van een paar luidsprekers waaruit af en toe de nasale stem van de omroeper schel weerklonk. Het spandoek van de aankomst was al een paar keer naar beneden gevallen, waardoor de man die de streep aan het schilderen was twee kronkels in de finish had getrokken. De fanfare zat op ons terras, samen met enkele sponsors die erop toekeken dat hun reclameborden goed zichtbaar werden opgehangen. Een van de koersdirecteurs 'met een serieus rooie kop' stond tegen een linde te plassen terwijl hij iets riep naar de mannen die het podium aan het timmeren waren. Het was duidelijk, ze hadden weer jaren vergaderd en nu moest alles op het laatst nog geregeld worden. Ik groette de baas en liep naar de kelder om mij te verkleden.

'Het is jammer dat je niet kunt komen, Zoë, anders hadden we tijdens het vuurwerk naar het zonnebloemveld kunnen gaan, krijg ik nu geen zoen van je, toe...'

'Pak me dan als je kan, pak me dan...'

'Kom Zoë, kom.'

'Zeg, wat sta jij daar te kwekkelen,' hoorde ik de baas vanachter de bar roepen, 'vandaag moet er gewerkt worden, Bux, breng om te beginnen maar twee bakken naar boven!'

''t Is Kuda.'

Ik kon nauwelijks de bestellingen bijhouden, van overal werd geroepen. Er ging een totaal vreemde als eerste over de streep, wat hier en daar tot een dispuut en een handgemeen leidde. Nee, de favoriet was al in de derde ronde ten val gekomen en weggevoerd door de hulpdiensten. Niettegenstaande de humeurige stemming van de supporters werden er zeven vaten bier getapt die avond, omdat het warm was, omdat het kermis was en omdat het de volgende dag een nationale verlofdag was, een betaalde.

Ik kwam doodmoe thuis. Grootvader en tante wasmachine waren nog niet thuis van hun klantenwerving. Ik had een paar keer een glimp van de twee opgevangen in de drukte, maar kon er verder geen aandacht aan besteden. Geen idee wat ze aan het uitspoken waren. Ik zag het vuurwerk vanaf het terras. Blauwe, rode en witte vallende sterren, genoeg om een leven lang wensen te doen. Als ik mijn ogen open wil ik Zoë zien, of ik wil vanavond Zoë tegenkomen tijdens een wandeling langs de rivier, of ik ga naar mijn kamer en op mijn bed ligt Zoë, of Zoë... Ik zat tegen de wagen geleund en zag hoe een sprinkhaan in het web van een spin verstrikt raakte en hoe de spin hem verdoofde en in haar rag wikkelde als een mummie, ik die dacht dat de natuur zo vredig was. Nog drie dagen, nog drie volle dagen (vanavond niet meegerekend) en het gips mag eraf, ik zal moeten oppassen, want haar armspieren zullen getraind zijn.

De zon stond al hoog aan de hemel toen ik de woonwagen verliet. Opa ging rechtop zitten in zijn hangmat en viel bijna op de grond. Wat nu weer.

'Zeg, hoe zit dat, wanneer gaan we die papegaai nog eens opzoeken?'

't Is niet waar, 't is niet waar, zeg dat het verdomme niet waar is, Hitler is herrezen, dacht ik en ik mompelde: 'Euh, ze hebben hem verkocht, het werd hun te veel, sinds de dag dat wij aangebeld hebben bleef hij maar steeds "klootzak, klootzak, klootzak", zeggen, je begrijpt...'

'Ah ja, rotjong, kom hier,' en hij wilde uit de hangmat kruipen om mij een opdonder te geven maar viel op de grond.

'Nog iets van uw dienst, meneer de koning,' zei ik treiterend toen ik hem rakelings passeerde, mijn hoofd hoog geheven.

'Help me recht, help me recht, ellendeling.'

'U zegt? Ik ben wat doof de laatste tijd, het is precies alsof ik constant de zee hoor, wat zei u alweer, wat ligt u daar eigenlijk op de grond te kronkelen?'

'Alsjeblieft jongen, ik kan bijna niet ademen,' zuchtte hij op een geheel andere toon.

Krak. Hoe was het toch mogelijk dat telkens als ik eens met zijn voeten wilde rammelen er iets ernstig gebeurde, er zich iets voordeed waardoor mijn macht werd gebroken?

'Een momentje, opa, ik wist niet dat, ik dacht... au! Wat doet u nu godver,' en ik liet hem uit mijn armen vallen en greep naar mijn oor.

'Zo, meneer hoort niet goed.'

'Ben je niet goed snik, smeerlap, je hebt verdomme een stuk uit mijn oor gebeten!' schreeuwde ik terwijl ik naar de waterbak liep.

Het water kleurde rood, de dag was nog niet begonnen.

'Die man is gek,' zei moeder toen ze de wond ontsmette en er een pleister op legde; ze rook naar knoflook en olijfolie en haar handen waren geel van de saffraan, dat beloofde wat voor vanavond.

'Komt vader naar huis?' vroeg ik toen ik wat gekalmeerd was.

'Nee jongen, hij zal er niet bij zijn dit jaar, maar we zullen het wel een andere keer samen vieren, zo hebben we twee feesten.'

'Ga je er veel venusschelpen in doen, mama?'

'Ja jongen, speciaal voor jou.'

Ik wilde wat nadenken over mijn kroniek en besloot een wandeling te maken langs Zoës huis, ik zou niet aanbellen of binnengaan, nee, gewoon eventjes passeren, zomaar, en als ze toevallig uit het raam hing of op het terras voor het huis in de schommelstoel zat zou ik even zwaaien, meer niet. Ik nam de zandweg door de zonnebloemvelden. Wat een rust ademde de wereld vandaag, alsof ze wist dat er een vrije dag was, zelfs de leeuwerik hoog boven de velden bewoog nauwelijks. Ik wandelde in een schilderij dat oneindig leek, ik stond er totaal niet bij stil dat dit onooglijke stukje grond deel uitmaakte van een heelal waarin alles met een razende snelheid aan het draaien en uitdijen was, anders zou ik me geen koning gevoeld hebben. Ik werd door een moeheid overvallen en ging tegen een boom zitten. Straks zou ik mijn tocht wel voortzetten. Ik viel in een diepe, lome slaap, de zon en het vele werk van de laatste dagen hadden me uitgeput. Toen ik mijn verkleefde ogen verdwaasd opentrok kleurde de wereld al rood; had ik zo lang liggen slapen? De klokken sloegen één maal, het was half *iets*. In de verte hoorde ik het geluid van een gammele fiets. Zoë?

'Wat lig jij hier te doen?' vroeg tante wasmachine, die met haar linkervoet probeerde te remmen en een meter of vijf voorbij de boom stilhield, 'wat een stof,' voegde ze er nog aan toe toen ze omkeek en haar spoor ontwaarde, 'je bloedt jongen, hier, aan je oor, je bent toch niet gevallen?'

'Ach dat, dat is een ongelukje van deze middag, niks ernstigs,' zei ik terwijl ik aan mijn oor de pleister en wat geronnen bloed voelde, 'ik maakte een wandeling en ben in slaap gevallen.'

'Het is al half zeven, kom spring er maar op, ik breng je wel naar huis, het feest begint zo.' Om twintig voor zeven reden we het kamp binnen. Moeder zat half op de uitkijk in de zetel weggezonken, grootvader zat in zijn rolstoel te ronken voor de televisie, ZDF, *Expeditionen ins Tierreich*, *im Reich der Orang-Utans*, een documentaire over orang-oetans in de regenwouden van Zuidoost-Azië, we naderen, we naderen.

'Nein,' prevelde hij toen ik hem wakker schudde en een kus gaf, 'nein, du Schwein!' en hij wreef in zijn ogen om de werkelijkheid weer binnen te laten. 'Wat ruikt het hier verdacht lekker, meisje,' glimlachte hij naar moeder en hij gebood me met zijn ogen hem naar het hoofd van de tafel te duwen, 'haal eens een biertje voor je opa jongen, 't is feest, vandaag staan we veertig jaar op deze grond, zeg wat heb jij daar aan je oor, je gaat me toch niet zeggen dat je er zo een ring hebt laten doorschieten, dat is voor zeemannen, niet voor ons.' Hij was het echt al vergeten.

Aanvankelijk was het stil aan tafel. Je hoorde het bestek tikken op de borden, maar algauw kwam de verbroedering op gang en zat Paco door het vage brullen van de apen heen te zingen over de liefde terwijl grootvader hem begeleidde met zijn platte hand op de feesttafel. Het was traditie, ieder jaar zakten ze af naar onze tafel met gitaren, bakken bier en kruiken wijn om van moeders beroemde churros en warme chocolade te genieten, maar daar waren we nog niet, de nacht was nog jong. Enrique en ik staken het vuur aan. Het droge dennenhout knetterde als vuurwerk en lanceerde kleine flikkerende sterren het heelal in. Het gezelschap schaarde zich rond het vuur en de gitaren zetten de echte nacht in. Maar ik hoorde en zag niets, de hele wereld was bedekt met een nevelige sluier van onderwaterklanken, want morgen werd Zoë van haar gips bevrijd. Die nacht hebben we opa Bux naar bed gedragen. Zijn ogen waren bloeddoorlopen, ik dacht dat hij niet meer kon spreken, maar toen ik hem op bed had gelegd en zijn hemd losknoopte, greep hij me vast en sprak hij met bevende stem: 'Ik heb je grootmoeder niet vermoord, ik heb haar niet vermoord,' en hij liet me los en viel in een diepdonkere slaap.

De dagen cirkelden als zwaluwen boven ons kamp. Gelukkig was grootvader de papegaai vergeten, gelukkig had de dokter hem gezegd dat hij het wat kalmer aan moest doen met de drank, en dat hij zich niet druk mocht maken, dat dat niet goed was voor zijn tikker, waarop hij iets had gezegd in de orde van: 'Maar dokter, weet u dan niet dat ik geen hart heb, ik doe het al jaren zonder, en kijk...'

De pillen die hij kreeg voorgeschreven smeet hij direct in de wc en toen de televisie begon te flikkeren tijdens een aflevering over de secretarisvogel heeft hij zich zitten opwinden dat het niet mooi meer was en heb ik mogen prutsen tot er weer beeld was. Ik moet wel toegeven dat hij die avond niet zoveel gedronken heeft.

*

Ik weet niet of ik al gezegd heb dat ik in de stad woon, op een kamer, veel verhuizen tast de herinneringen aan, ik weet het, en ik kan nu eenmaal niet álles bijhouden, dat is onbegonnen werk; als ik het al ergens vermeld heb dan weet u het nu zeker: ik woon op een kamer in de stad. Het is een hoge kamer, ze meet 4 bij 7 en is 6 hoog, dat komt zo op een kleine 170 kubieke meter, 168 om precies te zijn. Het is míjn kamer, hier heb ik het voor het zeggen, dit universum is mijn schepping, de binnenkant althans, ik ben er God en God is nog niet verder geraakt dan het bestaansminimum, KADUX INC of niet, dat is Zijn lot. In deze kluis worden de foto's, de wandelstok en het horloge van de onverwoestbare Kuda Bux, de oorzaak van dit alles, bewaard. Van hieruit heb ik goed zicht op het kamp. Zelfs bij regen of mist, niet ondenkbaar in deze contreien, kan ik me een waarheidsgetrouw beeld vormen. Hier aan de gebogen bedoomde ramen dient zich de kinderlijke allesomvattendheid aan, vermengd met overzichtelijkheid die mij uit de chaos van het kamp weghaalt. Hier in deze ondubbelzinnige rechthoek dringt de werkelijkheid tot me door, het vuur openbaart zich, de engel heeft gesproken: 'Onze wereld hier werd noch door een van de goden noch door een van de mensen geschapen. Zij was er veeleer altijd al en is eeuwig levend vuur.' Ik ben nu ouder, en ik kijk naar het vuur zonder het daadwerkelijk te voelen; ook de tijd brandt en knettert. En wie hout klieft op papier kan zeker stenen doen vliegen, zonder probleem, daarin stimuleert de firma je ook, daarvoor beloont ze je. Maar boven het bureau van de directeur hangt niet voor niets zo'n houten plaat waarin het adagium van de firma staat gebeiteld: 'Het Is Altijd Wat' en daar moeten we rekening mee houden.

'Snor', zit ik te schrijven, 'snor', 'snor', 'snor' en nog eens 'snor', en dan 'kamp' en 'Hitler' en 'opa', en dan zie ik het weer duidelijk voor me. We waren met vier auto's naar de grote stad gereden om inkopen te doen voor het feest. We waren allemaal mee, ik heb nooit begrepen hoe de boodschappen er nog bij konden, want als wij inkopen deden, deden we inkopen. Wie zou er nu voor een kilo appels en één fles wijn naar de stad karren, wij hadden het over grossen en tien-literkruiken. Ik moet rond de vijf jaar geweest zijn, ik was een paar tanden kwijt door die dolle rit met een pony die grootvader me voor mijn verjaardag cadeau had gedaan. Kijk, daar aan de muur zie je mij in die vergeelde kleuren op de pony zitten, het huilen nader dan het lachen. Nog geen twee minuten nadat de foto gemaakt was ben ik er met mijn klieken en klakken afgedonderd, twee snijtanden kwijt, einde van de ponyrit. Vijf of zes jaar was ik, in ieder geval nog te jong om met de anderen muziek te gaan maken in de stad. (Ik heb trouwens nooit gitaar gespeeld op straat, grootvader had andere plannen met mij.) Als kind in zo'n grootwarenhuis was het wel altijd een belevenis, een paradijs, overal aankomen, dozen openfrommelen, muggenmelk tussen de eetwaren gooien, zakken snoep openscheuren, prutsen aan radio's en in kasten kruipen tot het in de ruimte weergalmt: 'De kleine Kuda zoekt zijn moeder, gelieve hem te komen halen naast de afdeling cosmetica.' En op die afdeling cosmetica zie je tante een zakje scheermesjes wegmoffelen, niet omdat ze het zich niet kan veroorloven, maar omdat ze zich schaamt. En als ze aan de kassa staat, zo rood als een pioen, en zich bukt omdat haar kleingeld op de grond is gevallen en de scheermesjes vantussen haar boezem op de rolband vallen weet de hele wereld dat ze een snor heeft, vooral opa Bux. Ach lieve tante, ik had geen reden om me zo kwaad op je te maken toen mijn witte hemd met roze plekken uit je machine kwam, maar ja, wat wil je, ik was tot over mijn oren verliefd op een engel.

Iedereen lag in bed tot de middag, alleen ik stond voor het gloren mezelf in de spiegel buiten naast de pompbak te keuren, de haan stond op mijn hoofd.

'Dag Zoë, langgeleden, nee, *hola guapa*, nee, Zoë, liefste, nee, nee, waarom doe je dat...!'

Ik schoot wakker, badend in het zweet, het was vijf uur 's morgens, ik had met moeite twee uur geslapen. Ik lag te woelen en te draaien en raakte maar niet opnieuw in slaap.

'Ik zal er weer proper uitzien morgenvroeg, kom alstublieft, laat me nog een paar uur goed doorslapen, dat is toch niet te veel gevraagd, slapeslapeslape, godver!'

Ik kroop verlamd uit bed en sloop naar buiten. Het vuur smeulde nog na. Het kamp baadde in een ondefinieerbaar ochtendlicht. De kilte maakte me wakker, een huivering bekroop me en ik geeuwde drie lange keren. Wat verlangde ik naar slapen, slapen tot het juiste uur, onbewust nergens liggen, wat kon er mooier zijn dan slapen? Zoë natuurlijk. Ik besloot een brief te schrijven, vrouwen houden van brieven.

'Beste Zoë, nee, Liefste, nee, gewoon Zoë, Zoë, ik kan niet slapen. Ik...'

'Kuda! Ku-u-da! Kuda? Maar jongen, wat lig jij hier te doen, heb je weer geslaapwandeld,' hoorde ik mijn moeder zeggen, 'het is tijd jongen, je moet werken, je komt nog te laat.'

Ik verfrommelde bijna instinctief de brief en stak hem in mijn broekzak. Ik zag er niet uit. Ik sprong in de auto en schakelde verward in z'n achteruit. Met alle drank in zijn lijf is hij van de klap tegen de wagen hoogstwaarschijnlijk niet wakker geworden, nu ja, ik had wel andere dingen aan mijn hoofd. In Vreugd na Arbeid moest ik de kelder kuisen. En Zoë? Die was er nog niet. Toen ik teleurgesteld en moe thuiskwam had ik nog de tijd niet om...

'Wel?'

'Ze was er niet, ze komt misschien morgen, haar been is verzwakt, ze moet...'

'Jaja, dat zal dan zo zijn, maar zou meneer de formule 1-chauffeur misschien de goedheid willen hebben mijn antenne terug op haar plaats te zetten, als het niet te veel gevraagd is natuurlijk, ik bedoel, het kan iedereen overkomen dat hij middenin de nacht tegen een woonwagen vlamt, dat is menselijk, maar hij mag dan wel de rotzooi...'

'Val dood, Hitler,' mompelde ik, maar hij had het niet gehoord, of deed alsof, het kon mij niet schelen.

Van *Mens en dier* onthield ik alleen dat de brontosaurussen zijn uitgestorven en de bacteriën niet, en het maakte mij klein, want ik zag in dat ik een toevallige combinatie was zoals Zoë en de hele mensheid, het maakte mij klein en sterk tegelijk.

4

'Hummdada, hummdada, hummdada huaa! Hummdada, hummdada, hummdada huaa! Santa Maria, Insel die aus Träumen geboren, ich hab meine Sinne verloren, in dem Fieber das wie Feuer brennt.' Grootvader zit in zijn rolstoel een banaan te eten en mee te brullen. De ZDF wint zoals mijn ontbrekende-schakeltheorie terrein; *Kein schöner Land*, muziek bij beelden uit de natuur, als nu het pistool uit het handschoenenkastje van de 404 in mijn bereik zou zijn had ik twee mogelijkheden, drie misschien, maar het is niet omdat een mens zijn geliefde niet vindt dat hij zich een kogel door de kop moet jagen; mijn god, ik begin al zoals hij te redeneren. Zie dat daar nu zitten, zie dat daar nu in 's hemelsnaam zitten, kop noch staart krijg je aan zoiets, hup nog een banaan, en de schil op de grond, wedden, wat heb ik je gezegd, zoef, en maar meebrullen: 'Santa Maria, Ihre Wildheit liess mich erleben, mit Ihr auf bunten Flügeln entschweben, in ein fernes unbekanntes Land!'

'Opa!'

'Je opa is er niet jongen, hij zit in Zwitserland voor zaken, ha,' riep hij vanuit zijn rolstoel door het hemeltergend geluid van de televisie heen, en hij zwaaide mee op het slome ritme van het lied dat een of ander berglandschap begeleidde.

Hij zal het wel in mijn ogen gelezen hebben zeker, dat ik Zoë gezien heb, de oude tovenaar, maar dat ik geen woord tegen haar gezegd heb niet, hoop ik, alhoewel, God ziet alles. Na het avondeten maakte ik een wandeling, ik wilde eens de dingen op een rijtje zetten, en bovenal een plan uitdenken om haar mee uit te vragen naar de cinema. Iedere zomer was er bij ons in de buurt een openluchtcinema waar onbekende films werden vertoond, onbekend omdat ze goedkoop waren, het had niets met cult te maken, voor Pasolini en Tarkovski moest je op zijn minst een stevige vierentwintig uur reizen, langs niet voor de hand liggende paden en oerwouden. Ik zou haar zaterdagavond, na het werk, meenemen naar wat omschreven werd als een frivole klucht met een overdonderende plot, de titel ben ik allang vergeten, ik denk niet dat ik hem ooit geweten heb. Goed, de ontknoping was niet wat men zou kunnen noemen voorspelbaar, niemand had uiteindelijk kunnen vermoeden dat de man zelf de ontvoerder bleek te zijn. Ik zat gespannen te wachten op de romantiek, op de vurige liefdesscènes, de omhelzingen op het strand en de kussende lippen, maar niets van dat alles, gelukkig misschien achteraf, ik bedoel met zo'n plot, maar het belangrijkste was dat ik haar op de een of andere manier aan het lachen had gekregen, niet door de film zelf, maar door haar naar zo'n film mee te nemen. Kon ik nu al vermoeden dat zij wist dat ik veel voor haar voelde? Ik geloof dat het hele kamp nogal wat teleurgesteld was in de film, en opa in het bijzonder, dat wil zeggen dat hij de hele avond heeft zitten afgeven op de regisseur, de acteurs en de hele rataplan, 'als een mens nu ook al zijn films zelf moet beginnen te maken, ja, kom doe ze nog eens vol,' en hij toverde een verhaal over de slurf van een olifant uit zijn hoed: 'Beste mensen, het is algemeen bekend dat de slurf van een olifant een inhoud heeft van om en nabij de zes liter, wel, in India was er eens een olifant...' Waar haalt hij het toch vandaan.

Ik had het verhaal nog nooit eerder gehoord, maar Zoë was sterker, veel sterker, en we dreven weg van Vreugd na Arbeid, weg van al het tumult en al het leven, het donker trok aan ons met de kracht van de maan en de sterren, met de stilte van het bos en de hut en het bed van mos.

*

We hebben er allemaal al eens over gefantaseerd; wat zouden we doen als we de lotto zouden winnen? Dat zalig wegdromen in een wereld van hangmatten en eilanden, van watervallen en witte paarden. Maar algauw, als één oog zich traag opentrekt, worden de miljoenen verdeeld; een deel steken we weg onder onze matras, en met het andere deel gaan we feesten en brassen, eigenlijk zouden we alles het liefst verborgen houden, want er zou ellende van komen, ja waar moet je de grens trekken, je kunt toch niet aan iedereen beginnen uit te delen. 'Jij krijgt van mij een boot' en ze maken je achter je rug voor gierigaard uit, 'is dat alles wat eraf kan, ik ben toch zijn vriend, en wat moet ik met een boot.' Het gedroom escaleert in discussies en onnozelheden, 'Ja, dat zou dan heel dom van je zijn om je geld zomaar te vergooien', of 'Zigeuners zijn toch rijk, die rijden met van die grote bakken rond en hebben goud aan hun handen', maar ik vind het een prachtige metafoor voor onze moraal, die even sterk aan de evolutie onderhevig is als wij zelf. Ik herinner me dat ik ooit tijdens een lome lentedag aan tante wasmachine vroeg wat ze zou vragen aan de fee die haar één wens liet doen. 'Een grote zak geld,' zei ze nogal snel, waarop ik zei: 'En waarom geen twee zakken?' Ze keek me verbaasd aan terwijl ze het witgoed ophing: 'Ach jongen, feeën bestaan toch niet.' Toen ik Zoë vroeg wat zij zou doen met de schat antwoordde ze zo spontaan 'Ik zou een weeshuis beginnen' dat ik haar geloofde. En ik? Ik kon toch niet gaan toegeven dat ik een egoïst ben, zoiets kun je niet maken als je met het meisje van je dromen tegen een boom zit te genieten van een veld vol wiegende zonnebloemen? Wat kon ik anders dan kinderen adopteren; een Pakistaan en twee verdwaalde eskimo's.

Ik lig soms van onze kinderen te dromen, wie ze zouden zijn en hoe ze eruit zouden zien, er komt zoveel in me op als ik op bed in gesluimer lig verzonken, er trekt zoveel aan mij, en toch blijf ik verlamd achter op dat onbewoonde eiland en komt het verleden tot leven, het verleden dat zegt dat achter iedere gemeenplaats een waarheid ligt verscholen, dat het anders geen gemeenplaats zou zijn, daarom is de liefde blind, dat wil zeggen bijna blind, want ik had alleen nog oog voor Zoë in die dagen. Ik arriveerde altijd kort na haar. Ik moest soms vertragen onderweg, of mij even verschuilen achter de hekken tegenover het café, maar mijn timing stelde mij keer op keer in staat een glimp van haar naakte rug op te vangen als zij zich aan het omkleden was in de schaars verlichte kelder. Mijn dagen en mijn avonden, mijn leven kon ik vullen met die zachte glooiing van haar lichaam, en in mijn zoete gesluimer maakte ik met mijn vinger middenin die notenbruine oase van wellust een tekening van een dansende vlam tot ze zich omdraaide, op mij ging zitten, beide handen op mijn borst steunend, en mij met haar onderbuik in een andere wereld wiegde waar we vergroeiden tot het onvermoeibare vuur van haar groene ogen.

Nu ja, het waren mooie tijden. (Afgezien van dat noodlottige moment waarop mijn moeder in mijn kamer ontdekte dat het hele verhaal van mijn sollicitatie bij de firma KADUX INC één verzinsel was, jaja, hij heeft die brief teruggestuurd, Elvira Mbulu, en ik ben er vierkant in getrapt, de wanorde in mijn kamer heeft me verraden, ach wat ook, ik wou kroniekschrijver worden, dan moest ik dat ook maar doen, gelukkig heeft ze er niet lang over gepiekerd. We waren trouwens zodanig in onze opzet geslaagd dat we het zelf begonnen te geloven van die spookfirma. En toen ik hem de avond nadat moeder mijn kamer had gestofzuigd verslag uitbracht, zei hij: 'Ja jongen, wij kunnen ze nogal liggen hebben hoor, maar ik vind wel, en dat meen ik zowaar ik Kuda Bux heet, dat die baas van hoe heten ze nu ook weer, een beetje vriendelijker tegen je had mogen zijn, dat zijn toch geen manieren.' Laten we zeggen dat alleen ik het spel voor de volle honderd procent doorhad en dat ik er mezelf op z'n minst beter door heb leren kennen. Bij ons in het kamp was een mysterie trouwens nooit uitgesloten.) Alles leek in een geheimzinnig verband met elkaar te staan, de wereld binnen en buiten het kamp, de mensen en de dieren, de woorden en het vuur. Grootvader vertelde in die dagen veel over India, maar nooit over zijn vuurloop, die had trouwens in Engeland plaatsgevonden, hij sprak over de kleurige stoffen, over de heilige koeien en de droogte, over zijn toverovergrootvaders en de Ganges en over een specht die een botje uit de keel van een leeuw had gehaald. Het vuur knetterde, er was hout genoeg voor duizenden nachten en duizenden verhalen. Het was niet nodig om naar het weerbericht te luisteren, het kon niet veranderen, er bestonden geen wolken en geen regen, alleen in dromen kon het stormen en donderen op het slagveld vol speren en lansen, zwaarden, torens en hier en daar een vuurspuwende berg, we weten allemaal wat dat wil zeggen, vooral als we gaan schuilen in een groezelige grot middenin het ondoordringbare bos van de nacht vol putten... en: wie een put graaft voor een ander valt er zelf in, zegt een oud spreekwoord. Hangt er natuurlijk van af wie de put graaft en hoe diep die is.

Vraag 1: In mijn dromen komt al een paar dagen een onbekende man met een kepie voor, een soort bewaker, of eerder een postbode, die ik dan keer op keer in stukken snijd of verbrand, denkt u dat die droom een teken is?

Vraag 2: Wat zal er met de post gebeuren na de fusie met de stad?

Vraag 3: Kunt u me als helderziende zeggen of de pensioengerechtigde leeftijd van de gemiddelde postbode omlaag zal gaan?

Vraag 4: Is het waar dat er sprake is van een herstructurering bij de nationale post, zo ja, welke?

Vraag 5: Zal de postduif nog in oorlogssituaties worden ingezet?

Vraag 6: Waarom vallen duiven, vogels in het algemeen, niet van een elektriciteitskabel als ze slapen?

Vraag 7: Wordt het waardig vak van postbode niet met uitsterven bedreigd?

'Kuda, Kuda, kom 's hier, kom dan toch, wat sta je daar te gapen als een uil op een kluit, kom,' en hij zwaaide met zijn wandelstok op een manier dat niemand het kon begrijpen.

'Opa, ik moet werken, ik ben al wat aan de late kant, ik...'

'Maak je maar niet druk, daar zorg ik wel voor, ik geef dat mens wel een belletje, je hoeft je nergens zorgen over te maken, kom binnen,' fluisterde hij geheimzinnig.

'O, als het voor jou dan niet uitmaakt, opa, overmorgen heeft Zoë vrij, misschien kun je iets voor me regelen?'

'Ja, ga je zo beginnen, ik reik je de hand en je neemt mijn ganse arm, kun je dan niet tevreden zijn met deze voormiddag jongen, kom, ga zitten.'

Zo plechtig, dacht ik bij mezelf, wat zou hij nu weer van me willen.

'Wat zie je daar jongen?' vroeg hij me, wijzend naar de koekoeksklok aan de muur.

'Ja zeg, heeft u me daarom...'
'Antwoord, wat is dat?'
'Een klok.'
'Een wat?'
'Komaan, een koekoeksklok.'
'Juist ja, een koekoeksklok, en weet je wat er gebeurt als het tien uur is, als jij al je glazen staat af te wassen en die onnozelaars van het dorp hun vijfde glas wijn inschenkt? Wel?'
'Nee, dat weet ik echt niet, dan komt dat klerevogeltje tien keer piepen en...'
'Klerevogeltje, klerevogeltje, jongen ik heb je bij mij geroepen voor een gewichtige zaak, een zaak die tussen ons blijft, afgesproken... ik vroeg afgesproken?'
'Ja opa, maar ga je me nu zeggen wat er scheelt?' en even schoot het door mijn gedachten dat hij zijn verstand aan het verliezen was, dat hij zich anders dan anders gedroeg, hij zag ook wat bleek zo in het naar binnen vallend zonlicht, op de een of andere manier wat breekbaar. Ik wist niet goed wat ik moest zeggen en keek naar de koekoeksklok.
'Kijk,' zei hij terwijl hij naar de klok wees met zijn stok, 'als dat vogeltje tien keer koekoekt, staat mevrouw tante wasmachine bij de postbode, je denkt dat ik dat allemaal niet zie zeker, je denkt dat je grootvader de hele godganse dag met zijn luie kloten in de hangmat hangt te hangen, wel jongen, je hebt het mis, opa is nog bij de pinken, en dat mens, ik heb haar verdomme aan dat werk geholpen, staat daar dan iedere dag een beetje te leuteren tegen die afzichtelijke vent, ook als er geen brieven zijn voor madam de helderziende staat zij daar zo maar te draaien en te keren dat het mij de keel begint uit te hangen, ik bedoel, wat moet zij met die vent, en hij, als er geen brieven zijn moet hij toch geen brieven komen brengen.'

O jee, hij is in geen geval ziek, o jee, o jee, kwam het in me op en ik probeerde een glimlach te verbergen.

'Wat zit je daar te gniffelen, dat is een hoogst belangrijke zaak jongen, iets wat jij misschien nog niet begrijpt, maar...'

'Maar grootvader, wat heb ik daarmee te maken, je kunt me toch, o nee, o nee, je meent het niet,' en het begon tot mij door te dringen.

'O ja, o ja, als oudste van het kamp moet ik weten wat die twee aan het bekokstoven zijn, en dat ga jij voor me uitvissen.'

'Nee!'

'Ja!'

'Nee!'

'Ja!'

'Nee-nee-nee!'

'Ja-ja-ja!'

'Ja,' zei ik nu.

'Nee! Godverdomme, hoerenjong, kom terug, ik vertel alles aan Zoë, kom hier zeg ik je, morgen ben je werkloos, ik zweer het je, hoe kun je...!'

Ik reed traag langs de woonwagen en toeterde driemaal. Ik wist dat hij er deze avond opnieuw over zou beginnen, maar voor één keer had ik hem in mijn macht, en ik wilde daar op zijn minst een paar dagen van profiteren. Ik was nog niet gearriveerd of de baas wenkte me.

'Telefoon, wie kan me hier nu bellen, hallo, hallo, met wie spreek ik? Wat zegt u, Kuda Bux een hartaanval, maar, godver grootvader, alstublieft, ik ben aan het werken, heb je echt niets beters te doen.'

'Toe, doe het voor mij, voor één keertje, dat is toch niet te veel gevraagd,' klonk het krakend aan de andere kant van de lijn.

(in de vroege avond)

'En wat heeft ze gezegd?'

'Dat ze gekleurde was nooit op meer dan veertig graden, draait.'

'Kom jongen, je gaat me toch niet vertellen dat ze die postbode...'

'Echt.'

'Echt? Dat mens ziet ze vliegen, maar wat heeft ze nog allemaal staan vertellen, en hij, als hij al iets kan zeggen, want als zij spreekt, krijg je er geen speld tussen, o nee, ik krijg nog medelijden met die man, heb je hem trouwens al eens goed bekeken, ik bedoel, tussen ons gezegd en vooral gezwegen, ik denk dat ze hem dwingt hier alle dagen te stoppen, ja, ze is er verdomd toe in staat, om dan een beetje over de witte en de rode en de groene was te staan kwekken, ach, als ik postbode was, maar heeft ze niets anders gezegd, want die postbodes moet je nu ook niet direct gaan vertrouwen, en zo'n vent alleen, ik bedoel maar, over de was zei je, wel ja, waar kan dat mens anders over zagen, dertig graden, honderd graden, miljoenen graden, kom jongen, haal eens een fris biertje voor je opa, je hebt je opdracht goed uitgevoerd, neem er zelf ook maar een, en morgen, godver, kijk dat is toch ongelofelijk, moet je zien, zet eens wat luider!'

'...deze vuurmier, ook wel bekend als Solenopsis geminata, springt heel zuinig om met zaadcellen. Ze heeft slechts één tot drie spermacellen nodig voor elke van de bijna drie miljoen werkmieren die ze voortbrengt...'

'Hoor je dat jongen, niet te geloven!'

'...Het sperma voor haar hele leven haalt ze uit een huwelijksvlucht die niet langer dan één uur duurt. Bij hengsten en wilde zwijnen loopt het overschot per zaadlozing in de miljoenen.'

'Ja hallo.'

De nacht sloop heel vredig in mijn kamer. Ik zat te kijken naar een mot die rond het dansend kaarslicht aan het cirkelen was. Ik kon alles opschrijven, het vloeide uit mijn pen, zonder enige structuur of bedoeling, maar het was er, zoals Zoë er was, Zoë en de rest van de wereld. Toen ik de kaars uitblies zag ik dat er nog licht brandde bij opa. In slaap gevallen? Het was in geen geval het licht van een televisie, ach ja, de antwoorden van de helderziende waren zeker gearriveerd, wel te rusten.

De volgende dag kwam tante met een pak verfrommelde lakens naar de waterpomp, waar ik me aan het verfrissen was.

'Bux, Bux, Bux toch,' zei ze hoofdschuddend, 'hij is toch ook soms zo doorzichtig, daar hoef je echt geen helderziende voor te zijn, zou hij nu echt denken dat ik hem niet doorheb, duiven in oorlogstijd, hij zal ook nooit veranderen.'

'Ja tante, ik weet het, maar hij doet zo raar de laatste tijd, zou hij misschien...'

'Ach jongen, dat is een lang verhaal, ik denk dat we er maar beter over kunnen zwijgen,' mompelde ze en ze vroeg me het laken te helpen opvouwen, 'kijk toch eens hoe wit, en ruik je dat, zo fris, ja zo, goed opspannen.'

Een langspeelplaat van George Baker verhoudt zich tot een fiets met drie versnellingen als een weekdier tot een luchtballon. Zoë was zo gek van het liedje 'Una paloma blanca' dat ik besloten had het haar cadeau te doen, ik had nu toch wat geld. Ik fietste naar de stad en kwam zo euforisch, omdat ze de plaat hadden, uit de winkel gelopen dat ik hem fluitend op mijn bagagedrager legde en er mijn snelbinder overheen bond. Nee, ik zal het blijven herhalen, de liefde en de logica zijn als datzelfde weekdier en die ballon, en ik mocht nog van geluk spreken dat ik geen oog kwijt was, want vinyl, ik heb daar verhalen over gehoord... Verdwaasd reed ik over de zandweg naar het bos. Onderweg smeet ik de twee halve stukken in het zonnebloemveld, ik hield de hoes, het was een begin, ik zou hem als verrassing in onze hut kunnen ophangen.

De hut was eerder woest dan klein, maar ze was van ons, het was ons paleis, ons rijk waar de zon nooit onderging, niemand anders kon erin, wij alleen kenden het wachtwoord. Ik arriveerde meestal als eerste en stak een vuurtje aan. Dan kwam zij. Samen met de vlammen kletsen en droomden we over de verre reizen die we gingen maken, langs Egypte en India naar China en Tasmanië, ons een weg banend door oerwouden en moerassen en dan een gevreesde waterval, we gingen zwemmen in alle rivieren ter wereld en alle bergen beklimmen, en voor wilde tijgers en leeuwen zouden we niet bang hoeven te zijn, tegen malaria, slangenbeten en eventuele pest zouden we ons voor ons vertrek wel laten inenten, zo onbezonnen waren we nu ook weer niet, maar de Indische heiligdommen waar ze de ratten vereren zouden we niet aandoen, omdat we het beiden niet zo op ratten hadden, je kunt nu eenmaal ook niet alles zien, kwamen we overeen, maar wel de Rocky Mountains, de zuidpool en de fjorden van het Noorden, Istanbul, Buenos Aires en Jakarta. We dokterden ook plannen uit om de wereld te verbeteren, geen kerncentrales, nooit meer oorlog, en meer geld en mogelijkheden voor jonge mensen die de wereld wilden verbeteren. Soms lagen we zo uren naar onze dansende schaduwen op de muren te gapen zonder een woord te zeggen, onder het nietsontziende oog van George Baker en zijn sint-bernardshonden.

'Het is Grieks voor leven.'

'Wat?'

'Zoë. Ik heb het opgezocht, je bent een Griekse godin.'

'Ik ben jouw tempel,' fluisterde ze in mijn oor.

Ik kon stenen doen vliegen, maar Zoë beschikte over de duistere macht alle zwaartekracht aan mij te onttrekken. Ik bereikte mijn schrijftafel toen de nacht al was ingetreden en al het licht in het kamp was gedoofd, zelfs de televisie in grootvaders woonwagen sneeuwde niet meer.

*

'Wie rond de middag fluit, roept de storm op,' had opa Bux me ooit toevertrouwd. En ik had gefloten, in de platenzaak, omdat ik alleen het deuntje 'Una paloma blanca' kende, en in de verste verte niet wist wie al drie weken op nummer één van de hitparade stond. Ik wist echter ook niet wie die drie geheimzinnige mannen met hun zwarte Mercedes waren die opa hadden bezocht. De laatste dagen liep ik eraan te denken omdat ik een foto van grootvader had gevonden waar ik niet wijs uit werd. Ik dacht dat twee van hen ook op de foto stonden.

'Bij lange niet jongen, bij lange niet, waar haal je dat weer vandaan, leuk hè die foto, net echt, vind je niet, het is toch precies alsof we in een echt vliegtuig zitten, zeg nu zelf, waartoe ze toch allemaal in staat zijn, maar waar heb je die uit gevist, heb je zo nog van die dingen?'

'Bij ons thuis, ik heb hem in een oude schoenendoos gevonden, ik dacht dat die mannen dezelfde waren als die kerels die je bezocht hebben...'

'Die hebben daar niets mee te maken jongen, dat zijn heel andere mensen, Ramon en Pepe zijn al een paar jaar dood, verongelukt, wrede zaak...'

'Dat ongeluk in de bergen, met die elektriciteitskabel?'

'Ja, precies, triestige affaire, zulke kloeke beren, maar ja, het heeft niet mogen zijn, wat ze ook in de kranten beweren, zat of niet zat, ze zijn er niet meer, ach wat hebben we ons toen laten gaan, weet je jongen, die foto, die foto, dat waren nog eens tijden, en champagne dat we gedronken hebben en wijven, jongen je houdt het niet voor mogelijk, moest je grootmoeder het ooit geweten hebben, ze zou nooit haar jawoord gegeven hebben, nooit, we woonden toen nog aan zee, wat zeg je?'

'Waar je door die valse haai bent overvallen?'

'Ja jongen, gelukkig heb ik het hoofd koel gehouden, gelukkig, of ik zou het nu niet kunnen vertellen, en jij zou er ook al niet geweest zijn, het hangt toch allemaal aan een zijden draadje, we moeten ervan profiteren jongen, zolang we nog kunnen. Zeg, als jij nou eens naar Vreugd na Arbeid zou tsjokken om een lekkere fles champagne, dan vertel ik je nog wat over die foto.'

'Ga je vanavond niet naar het vuur?'

'Ach, het ziet er wat bewolkt uit, het zou me niet verwonderen als er regen van komt, kom haast je, dan kunnen we samen naar *Mens en dier* kijken, over wilde kamelen, hup hup.'

Een hevige windstoot smakte tegen de auto. In de achteruitkijkspiegel zag ik hoe een wilde wolkenmassa zich boven het kamp ophoopte. In een flits was alles in een diepdonker kleed gehuld. Bliksemschichten doorkliefden de dreigende wolken die vanachter de heuvels opdoemden en zich versneld boven de verlaten straten samenpakten om er onder hels gedonder los te breken. De riolen konden nauwelijks het water slikken. Ik parkeerde op het trottoir en spurtte het café binnen.

'Kuda?' riep tante verschrikt, 'wat doe jij hier!'

'Tante, dag meneer, ik kom een fles champagne halen voor grootvader.'

Ze riep me bij zich en sprak met een zo veelzeggende blik op haar gezicht dat ik alles ineens begreep. De wereld was zwart, dat zag er niet goed uit.

Terug in het kamp haastte ik me naar opa, ik was doorweekt toen ik binnenliep.

'Het is precies alsof ik spoken heb gezien bij wasmachine, witte vliegende geesten,' prevelde hij, maar toen ik de champagne op tafel zette was hij het alweer vergeten en gebood hij me twee glazen, van die zondagse glazen, te halen. En nu maar hopen dat de bliksem de wilde kamelen niet onderuithaalt.

*

De kans om door een haai aangevallen te worden is één op de dertig miljoen, de kans dat opa Bux helderziende was is verwaarloosbaar. Desondanks slaagde hij erin, samen met tante wasmachine, de meest uiteenlopende vragen van de klanten naar behoren te beantwoorden.

'Schrijf maar op,' begon hij dan als een directeur zijn betoog, waarbij hij zijn hoofd lichtjes schuin hield en met zijn pink langs zijn snor streek, 'Beste meneer Léon, wie onderlegd is in de wetten van de fysica aangaande de zwaartekracht weet dat, indien hij van een tweehonderd meter hoge rots springt, te pletter zal storten, gesteld dat de materie waarop hij valt stenen zijn en geen bed van veren bijvoorbeeld, daarom, en daarom alleen, meneer Léon, schrap dat meneer maar...'

'Ja, je hebt hem al aangesproken, in het begin.'

'Ja, waar was ik nu weer gebleven?'

'Wel, het kwam erop neer dat hij nooit zal kunnen vliegen.'

'Lees dan toch voor wat ik gedicteerd heb, alsjeblieft, moet ik het dan ook allemaal zelf doen, kom geef hier. 'Dus,' en hij gaf het blad papier terug aan tante wasmachine, 'anders vrees ik dat de bovengenoemde wetten u fataal zouden kunnen worden, nee, een helderziende vreest niet, dus, anders zullen de bovengenoemde wetten uw einde betekenen, hup fini, volgende vraag alstublieft?'

'Wel, hij wilde ook nog weten of zijn vrouw een ander heeft?'

'Wat is dat nu weer voor vraag, hoe kan hij godverdomme willen dat wij dat allemaal weten, dat hij het zelf uitzoekt, we moeten hier godver de godver voor een paar luizige centen nog detective gaan spelen ook, de mensen hebben toch nergens geen respect meer voor, schrijf maar op ja, zeer zeker, ik zie er twee, een gespierde havenarbeider en een duistere gedaante uit de Verenigde Emiraten. Nog meer brieven?'

'Ja, maar die kan ik zelf wel afwerken, de meeste willen weten wat voor cijfers ze moeten invullen bij de loterij en of ze nog de juiste man of vrouw gaan tegenkomen.'

'Zozo, en gaan ze nog de juiste man tegenkomen?' vroeg hij met wijdopen ogen.

'Ik schrijf altijd van ja, maar dat ze nog geduld moeten hebben, en niet met de eerste de beste moeten meegaan en zo van die dingen.'

'Zo, en hoe weet jij dat allemaal zo goed, heeft mevrouw misschien ervaring met die dingen?'

'Hoe bedoel je?'

'Ach vrouwmens, denk je echt dat ik blind ben en sta daar nu niet zo te draaien gelijk een koe die haar kalf niet kwijt kan, alstublieft, madam de postbode.'

'Heb je weer Kuda moeten uitvragen, meneer de detective, ja, je zou je beter met je eigen zaken bemoeien, ja,' riep ze vanuit de deuropening en stak het kamp over naar haar wagen. Ik was hout aan het klieven toen ik mijn naam van twee kanten hoorde weergalmen, ik stond tussen twee vuren, tante riep me en grootvader, maar hij schreeuwde het hardst, en ik gebaarde naar tante dat ik over vijf minuten bij haar langs zou komen.

Bij opa Bux: 'Wat weet jij dat ik niet weet, snotjong?

Waarom heb je tegen me gelogen?'
'Maar...'
Bij tante wasmachine: 'Waarom heb je hem verteld dat ik met meneer Manolo in Vreugd na Arbeid heb gezeten, ik had dat niet van je verwacht jongen.'
'Maar...'

*

Zoals opa Bux tante wasmachine de antwoorden dicteert vanuit zijn rolstoel, zo dicteert mijn tafel mijn hand. Schrijf op: niet wij verzinnen het verhaal, het verhaal verzint ons. Punt. Het kan me niet schelen wat ik ermee bedoel, dat interesseert me eerlijk gezegd niet zo, als de woorden komen, komen de woorden, en als ze klinken, des te beter, als ze maar spreken zoals de handen rond het vuur, tegentijds of eigentijds en tijdelijk, dat is niet van wezenlijk belang, want het vuur zelf zullen ze nooit zijn, daarvoor hebben we nog een lange weg te gaan, veel verder dan Zoë en ik op onze wereldreizen, veel verder dan de maan en terug, ver voorbij de melkweg en alle zwarte gaten tezamen.

Ik lig op bed in gesluimer verzonken, nu komen de echte verhalen. Ik zie mezelf in een zee van licht in een boom zitten. Ik zal er niet uit komen ook al smeken ze me, ook al kruipen ze tot hoog in de kruin, ik denk er niet aan me over te geven. Ik heb mijn rugzak gevuld met proviand, genoeg voor ten minste drie dagen, en als ze me tegen die tijd nog niet gevonden hebben, zal ik naar de woonwagen sluipen, mijn rugzak opnieuw vullen en me opnieuw in de boom verschuilen. De eerste drie uur in de boom waren het zwaarst omdat niemand besefte dat ik verdwenen was, hij zal wel kikkers aan het vangen zijn, of met zijn fiets in de bossen aan het crossen, maar tegen etenstijd begon moeder ongerust te worden en ging ze kijken of ik niet bij opa zat of bij tante wasmachine, misschien was ik met de andere kinderen een put aan het graven of verstoppertje aan het spelen. Een uur later hoorde ik eindelijk mijn naam weerklinken, oef. Ik hield mijn lippen hard op elkaar gedrukt en kruiste mijn armen. Toen grootvader onder de boom stond viel er een stuk worst dat ik gepikt had naar beneden.

‘Rare bomen,’ hoorde ik hem mompelen, ‘worsten, heb je ooit,’ en hij ging tegen de boom zitten en nam een flinke hap. Natuurlijk wist hij dat ik me daar ergens boven schuilhield, maar hij deed alsof zijn neus bloedde en praatte heel luid tegen zichzelf: ‘Vallende worsten, wel heb je ooit, wat een rare bomen bestaan er toch op de wereld, ik zal het eens aan Kuda moeten vertellen, ik durf te wedden dat hij me nooit zal geloven. Of zou er een beest in de boom zitten, misschien is er wel een tijger uit het circus ontsnapt en steelt hij onze worsten, want die worst heeft verdomd veel weg van de worsten die wij eten, als er maar niets gebeurd is met de kleine Kuda, die tijger heeft hem misschien al opgegeten, ik zal de politie moeten waarschuwen, en hoe zal ik het aan zijn vader en moeder moeten vertellen, ik durf niet, wat nu gedaan, ik...’

‘Het is omdat ik geen Zorro-kostuum krijg, en papa heeft het me beloofd en mama ook, en Juan heeft er al een, en Manolito ook, en ik niet, ze hebben het beloofd.’

‘Zozo, maar jij bent toch De man van zes miljoen?’ zei hij zonder op te kijken.

‘Ik wil De man van zes miljoen niet zijn, ik wil Zorro zijn.’

‘Weet je wie ik vroeger was? Djengis Khan.’

‘Djengiswie?’ vroeg ik terwijl ik naar beneden klauterde en me op zijn schouders liet zakken. ‘Djengis Khan,’ herhaalde hij fier en hij vertelde me de hele weg naar het kamp over hoe de onoverwinnelijke leider van de Mongolen de halve wereld aan zich wist te onderwerpen en alle steden en dorpen waaruit een pijl of een steen tegen de Mongolen was gericht met de grond gelijkmaakte, dat was nog eens een kerel. Thuis leverde hij me af met de woorden: 'Morgen gaan we een Zorro-kostuum halen.'

'Waar hebben jullie toch uitgehangen?' riep grootmoeder, die met een grote lepel in de hand uit de woonwagen kwam gelopen. Ik kreeg mijn zin en sloot me aan bij de bende van de twee andere Zorro's, maar ik was de echte Zorro, want bij mijn kostuum zat een degen met een krijtpunt die mij in staat stelde mijn beruchte handtekening overal achter te laten, en dat viel de twee anderen rauw op hun dak.

Zoals het heelal uitdijt als een gedachte, zo schrijft dit boek zichzelf, telkens opnieuw, telkens anders. Eén versie ervan vertrouw ik toe aan het papier, de rest vervliegt. Toch zijn de andere versies even waardevol en zou het verkeerd zijn te beweren dat dit de juiste versie is, er bestaat geen juiste versie. Ik herhaal de gedachte en probeer die tot in de woonwagen te onthouden, maar een nieuw geluid leidt mij af.

'Kom, we hebben iets te vieren.'

'Vieren?'

'Ja jongen, ik heb er één op elektriciteit, wat zeg je daarvan, hendel vooruit vooruit, achteruit achteruit, links links, rechts rechts, doodeenvoudig,' en met geheven hoofd draaide hij rondjes voor onze woonwagen.

'Dat is tenminste nog eens een nuttige uitvinding!' riep hij vanuit zijn gemotoriseerde rolstoel, 'Jieeeeecha!'

Die avond heb ik hem rond half acht in bed moeten stoppen. Zoë lag met haar hoofd op mijn schoot naar de wolken te kijken en de kinderen waren aan het ravotten, ze hadden een of ander spel bedacht waar zij alleen, en misschien grootvader, de regels van begrepen. Moeder stond met tante wasmachine te keuvelen bij de waslijn en Paco speelde gitaar, vader fluisterde tegen de grillige vlammen:

Als ik zat thuiskom
en de vlammen dansen
dan voel ik mij niet alleen
en zingt mijn hart

'Waaraan denk je?'
'Ach, aan niets.'
'En jij?'
'Niets, ik dacht, ik, ik zag precies een stier in het vuur, met enorme horens en gloeiende ogen.'
'Een stier?'
'Ja, en terwijl de vlammen steeds andere vormen veroorzaakten bleef ik de stier zien, hij werd alsmaar groter en groter, en toen ik mijn ogen sloot, bleef hij in mijn hoofd lopen, hij kwam naar me toe gelopen, en hij had maar één oog, één enorm blinkend oog, ik probeerde me te verschuilen, maar er was nergens een bos of een schutting en ik begon te rennen met in mijn nek het zware zuchten van de dolle, schuimbekkende stier.'
'En?'
'En toen vroeg jij me waaraan ik dacht.'
'Ik heb je gered.'
'Nee, ik heb jou gered.'
Zo gaat het goed, dacht ik bij mezelf, maar de volgende dag hadden we rond drie uur afgesproken aan het meer en natuurlijk wilde hij mee. Zoë had er geen bezwaar tegen, maar ik had een ander idee over onze zwempartij. Ach wat ook, we waren sowieso niet alleen. Grootvader zat de hele tijd te roepen en te zwaaien vanuit zijn nieuwe rolstoel. Die avond, toen ik thuiskwam van het café, hoopte ik dat

alles een droom was geweest, een nachtmerrie eerder. Hij zat in zijn rolstoel te fluiten. Ik smeet mijn fiets op de grond.

'Kijk jongen, weet je waarom je wiel zo blijft draaien, dat is...'

'Fotograaf, fotograaf, had je echt niets beters kunnen bedenken, opa, Zoës vader denkt dat ik verdomme een winkel ga beginnen, ik heb geeneens een fototoestel, hoe kom je er godver, en waarom heb je die man per se moeten bellen, waar was dat weer voor nodig...'

'Luister eens hier, ventje...'

'Ventje, ventje...'

'Ja, ventje, als dat heerschap vindt dat mijn kleinzoon niet goed genoeg is omdat hij in een café werkt dan...'

'Dan fotografeert hij daarnaast, zwart natuurlijk, bloemen en bijen, komaan opa, had je nu echt niets beters kunnen verzinnen?'

'Nee, moet ik misschien zeggen dat meneer schrijver is met ja, één, twee, pas op dat ik mij niet verreken, één, twee, nul boeken, dat zouden ze pas fijn vinden, ze zouden waarschijnlijk een rode loper voor je uitrollen als je hen bezocht in hun nederige woning en eervol het hoofd voor je buigen omdat je, omdat je, omdat je, wat zit je daar ook te prutsen in dat café jongen, is dat het resultaat van alles wat ik je geleerd heb, afwassen in een café... en je hebt haar nog niet eens die ring gegeven.'

'Opa alsjeblieft, ga jij nu ook al beginnen, het is al moeilijk genoeg zo, een beetje steun zou geen kwaad kunnen.'

'Ik heb toch gezegd dat je communies en trouwfeesten fotografeert, trouwens, is Zoë er nog?'

'Ja, ze moest er zelfs om lachen.'

'Nou, zie je wel, je gaat toch niet met haar vader trouwen, zeg dat het, wow, don't come easy, ja zet die radio eens wat harder, dat vind ik nu een prachtig liedje zie, birds, ta-ta-ta don't come easy to me, how can I find a way to...!'

'Words, grootvader, words.'

'Yeah! Birds toe-tie-doe, birds don't come easy, fantastisch toch, this is just a very wrong, that me wait along with nono, melodician feel on my own and I say yeah yeah, ta-ra-da-da, pampampampampam, birds, jieeeeeeeeeeeecha!'

'Hopeloos, hopeloos.'

Met dat gebrul van grootvader was ik de tijd uit het oog verloren. Zoë kon elk moment arriveren, ze kwam voor de eerste keer bij ons eten.

'Nee, opa, ze komt alleen, en ik zou het op prijs stellen als je...'

'Je gaat haar zo toch niet ontvangen, moet je je daar nu eens zien staan, trek toch een kostuum aan, als je wilt dat ze blijft.'

'Ik heb geen kostuum opa, en trouwens tegenwoordig...' Waarom kan hij zich niet voor een keer met zijn eigen zaken bemoeien, ik word er niet goed van, een kostuum, een kostuum, wat is hij nu weer aan het bedenken...

'Nee, opa, je denkt toch niet dat ik dat aantrek, ben je helemaal!'

'Een beetje respect jongen, in dit kostuum ben ik met je grootmoeder getrouwd.'

'Grootvader, alstublieft, Zoë komt gewoon eten.'

'Jongen, al kwam ze hier gewoon voorbij wandelen, een vrouw ontvang je in kostuum, dat is een axioma, zet dat eens wat luider.'

'Bux, hoeveel keer heb ik je al uitgelegd dat je een afstandsbediening hebt, daarmee kun je vanuit die luie stoel van je de wereld doen ontploffen als je wil, dat ovale knopje, plus, en duwen maar.'

Hij zette de televisie uit.

‘Nee, niet dat rode knopje, opa, dat ovale knopje onder de cijfers.’

‘Ja zeg, ik ben ook niet van de jongsten meer hoor, en je mag wel een beetje beleefder zijn tegen je grootvader, heb je me gehoord, meneer is zenuwachtig me dunkt, pas maar op of ik vertel Zoë dat je in het geheim getrouwd bent met een negerin uit Zimbabwe, en dat het van moeten was.’

‘Alsjeblieft opa, je kunt maken dat...’

‘Wat kan ik maken, niet te fel of, godver de godver.’

‘Ik heb je toch al uitgelegd geloof ik dat dat rode knopje de televisie uitzet, schluss, gedaan, of heb ik dat nog niet gezegd? Kijk, als je op nummertje twee duwt zal de televisie vanzelf beginnen te spelen, wat een wondere wereld toch, niet te geloven.’

De olijfolie siste scherp toen moeder de knoflook en de versnipperde ui zonder te kijken in de zwarte koekenpan smeet. Een zoete geur verspreidde zich in onze wagen, zo begon het meestal, met knoflook en olie, wat er dan volgde was de echte verrassing, maar het was altijd ware toverkunst, overgegeven van generatie op generatie, vermengd met vreemde kruiden en gewoonten uit onbestemde oorden. Moeder kon je gemoed bewerken, ze kon je doen ontploffen en in slaap wiegen, ze kon je beschouwend maken en doen dromen, allemaal vanuit die kleine machinekamer rond het fornuis, zij kende de erotiek van groenten en vis, zij doorgrondde het bedwelmende van geuren en kleuren, een snuifje saffraan, een zuchtje paprika, een vlekje harissa, een wolkje kokosmelk en een storm van munt en pijnboompitten, de ware alchemie, het goud op je bord. Ik wist waarom de saus die avond vuurrood en brandend was, waarom het brood met de handen werd gebroken en werd doorgegeven en waarom we de twee vissen moesten verdelen onder ons vieren.

Ik stond achter het gordijn en zag Zoë. Ze had een paarse jurk aan en had bloemen bij zich, ach was zij wel voor mij bestemd, ik kon het bijna niet geloven. Ik wilde naar buiten lopen en haar op mijn voorbereide ontvangst vergasten, maar ik kon geen stap verzetten. Het zweet brak me uit en ik kon met moeite slikken. Ik liet mij op bed zakken en voelde mijn hart overal bonken, toen hoorde ik de stem van mijn grootvader. Ik schoot rechtop en keek nog even vlug in de spiegel.

'Zoë? Opa?'

'Ja, mademoiselle heeft de goedheid gehad me naar hier te duwen, wat vind je van mijn trofee,' en hij stak de bos bloemen hoog boven zich uit alsof hij de ronde had gewonnen.

Zoë groette mijn verlegen moeder en nam de bloemen van grootvaders schoot.

'Die zijn voor jou mevrouw, ik heb ze zelf geplukt.'

'Dank je meisje, dank je.'

'Zal ik een vaas...' zei ik stuntelig terwijl ik glimlachte naar Zoë en tegen grootvader botste. In de keuken vroeg ik moeder of ze blij was met haar bloemen, Zoë was toch een attent meisje.

'Moet jij niet bij je meisje zijn, jongen?'

'Ja moeder, direct, ik ga even mijn handen wassen, direct.'

Ik heb nooit geweten waar ze vandaan kwam, want ze was niet van tante wasmachine, maar toen we begonnen te eten sprong er een kip op tafel en verslikte opa zich zodanig dat hij er bijna in bleef, Zoë kon het niet beter treffen. Ik heb het echter nooit volledig vertrouwd, want nog geen uur later zat hij haar o zo kwiek in zijn rolstoel te vertellen dat dolfijnen slimmer waren dan apen, hij haalde er een of andere formule van hersengewicht bij, en dat we zopas anderhalve kilo vis hadden verorberd, wat ongeveer het gemiddelde gewicht aan hersenen bij de mens is, bij sommige mensen, opa, bij sommige mensen. Ik heb het allemaal gehoord toen ik moeder met de koffie aan het helpen was, wat ik zelden doe.

Je moet haar aan het lachen brengen, jongen, je moet haar doen lachen, klonk het in mijn verwarde hoofd. Grootvader liet haar zijn fotoboek van Engeland zien en vertelde het verhaal van de televisiequiz. Rond elf uur bracht ik Zoë naar huis. Ze ging liefst te voet, het vele eten en drinken was haar nogal zwaar gevallen. Wat een omweg. Bij het zonnebloemveld vertraagde ze haar pas. We stonden stil en ze keek me diep in de ogen, ik voelde haar adem in mijn gezicht, en ze fluisterde in mijn oor: 'Morgen naar de hut.'

Ik denk dat ik nog nooit zo gelukkig geweest ben. Ik wachtte tot ze het licht in haar kamer doofde en nestelde me dicht tegen haar aan terwijl ik fluitend naar het kamp terugkeerde. De dagen die erop volgden waren onbeschrijfelijk hemels.

5

In het gezegende jaar 1935 trotseert niet alleen mijn grootvader, de onovertroffen Kuda Bux, het vuur, het is het jaar dat in Duitsland de achturige werkdag verplicht wordt en de swastika de officiële nationale vlag wordt, het jaar dat de eenentachtig kilometer lange ondergrondse van Moskou in gebruik wordt genomen en dat Mao Zedong en het eerste frontleger door moerassen, weidegronden en onherbergzame gebieden trekken. Het is het jaar dat Romain Maes de hele Tour de France in het geel rijdt, omdat hij in de eerste rit tijdens zijn aanval onder de bomen van een gesloten overweg kon glippen en zo een voorsprong van bijna vier minuten kon pakken, het jaar dat in Madrid vierhonderdduizend mensen betogen tegen het fascisme en het jaar van de Wereldexpo in Brussel waarvoor de koningin zich in een parelgrijs toilet had gestoken. Het vond allemaal plaats aan de vooravond van mijn grootvaders 'ontvoering', waaraan hij dat nummer op zijn arm heeft overgehouden en waarover nu een hoefijzer staat getatoeëerd. In tegenstelling tot de rest van zijn heroïsche dagen waren die twee jaren van zijn leven met de mantel der stilte bedekt. Ik was wel nieuwsgierig naar dat werkkamp, maar als de oude Bux over iets zweeg had dat wel zijn redenen. En als er iets naar boven kwam of er waren documentaires over die periode op de televisie, was zijn woede anders dan op andere dagen, ze had iets bijtends en grauw. Je kon dan in zijn ogen lezen dat hij er vernederd moet zijn geweest, het waren de ogen die mij een beetje aan die van vader deden denken, altijd wat vochtig. Als grootvader al eens een woord losliet over die tijd had hij het over gewone dingen, over het slechte eten, over de luizen en de spoorweg die ze moesten aanleggen en natuurlijk over de andere zigeuners aan wie hij 's avonds in de barakken verhalen vertelde. Ik vermoed dat die verhalen toen van levensbelang waren, er was wel geen vuur dat brandde, maar toch. Ik vraag me soms af wat een mens zichzelf moest wijsmaken om het daar uit te houden, en hoe diep was de wond als je het overleefde? Kon je alles zomaar uit je lijf verbannen? 'Machteloos jongen, godverdomme machteloos,' maar buiten gegrom en tandengeknars kwam er verder geen woord meer uit.

We gaan er nog duizend drinken
tot de volgende maan
dan zal ik zijn vergeten
wat ze me hebben aangedaan

Hier in het schemerduister van mijn 168 kubieke meter probeer ik de geschiedenis te begrijpen, de grote geschiedenis. Ik had mij altijd met de kleine geschiedenissen beziggehouden, dat verwachtte de firma van mij, maar toen ik de kinderen met hun gitaren en violen uit de stad zag terugkeren, kreeg ik geen woord op papier en vluchtte ik in gedachten naar Zoë. De firma heeft het zo slecht niet gezien: 'Het Is Altijd Wat', of het is grootvader, of het is... grootvader. Waarom kan hij me geen twee minuten met rust laten. Zelfs als ik naar de wandelstok met de vergulde scarabeekop kijk zie ik een zak vol kleren en gaat de grote geschiedenis in rook op.

Ik ga niet beweren dat we de middelen niet hadden om kleren te kopen; grootvader droeg altijd zijn pak en de dochter van Fernanda verrichtte kleine wonderen met haar naaimachine (vooral nu ze haar eigen bruidsjurk aan het maken was), maar af en toe kwam er een van die zakken voor de derde wereld in ons kamp terecht en werd de buit rond het vuur verdeeld. Grootvader wilde daar niets van dragen, maar voor de moeders van de wilde kinderen was het een geschenk uit de hemel. Ik was zes jaar en kreeg een rood trainingsvest met de opdruk 'Bayerse Bierhalle'.

'Dat is een bekende voetballer,' zei grootvader overtuigd toen ik hem vroeg wat er op mijn rug stond, en ik denk dat hij het zelf geloofde, achteraf bekeken dan, want in die dagen dacht ik niets en liep ik met mijn vrienden door de velden, soms tot diep in het bos, soms tot aan de voet van de berg die wij ooit zouden beklimmen om vanboven de hele wereld te zien, dat had grootvader toch verteld rond het vuur: 'Alles kun je daar zien.' En als Bayerse Bierhalle dan alleen voor die enorme berg stond overviel hem een beklemmend gevoel, misschien is dat wel wat grootvader met machteloosheid bedoelde, maar als hij dan 's anderendaags zijn mond weer opentrekt is het algauw gedaan met bergen van machteloosheid en de grote geschiedenis...

'Ja, je hebt wat gemist hoor jongen, gisteren bij *Mens en bier*, hoho, dat geloof je...'

'*Mens en dier* opa, *Mens en...*'

'Wat zeg je?'

'*Mens en dier*, je zei *Mens en bier.*'

'*Mens en dier* jongen, ik zei duidelijk *Mens en dier*, alstublicft zcg, ik zal wcl wctcn wat ik godvcr hcb gczcgd zckcr, je zou beter je oren eens laten uitspuiten jongen, *Mens en bier*, waar blijf je het halen, waar blijf je het om de liefde van God halen.'

'Ja, zeg dat wel.'

'Wat zeg je? Ja, als het meneer misschien schikt kan hij, och wat ook, ik vertel het al niet meer.'

'Kom opa, doe niet zo kinderachtig, vertel het me, of

ben je het alweer vergeten.'

'Godverdegodver, hoe durf je, kom hier zeg ik je onnozelaar, meneer vindt het belangrijker met zijn lief in een hutje te liggen rampetampen dan dat hij samen met zijn grootvader naar zijn programma kijkt, één avond in de week en het is al te veel gevraagd, één avond, maar meneer heeft andere dingen aan zijn hoofd, o ja, dat zou Zoë nooit doen, nooit, nooit nooit.'

'Maar een Bux wel, hè.'

'Hoerenjong dat je bent, je zet hier geen stap meer binnen, hoor je me, je zoekt het verder zelf maar uit, één verdomde avond, hoe is 't gods mogelijk.'

Nog geen halfuur later spoelde ik de video terug en keken we samen naar de uitzending over de fuut.

'Wat is dat nu!' riep hij verwonderd uit.

'Dat is nog een stukje van het nieuws van gisteren dat ik heb opgenomen, *Mens en dier* begint zo.'

'Dat zijn dan twee vrachtwagens op twee dagen, moet je dat zien jongen, lading verloren.'

'Dat is van gisteren, opa, die vrachtwagen...'

'Dat zeg ik je toch, gisteren net hetzelfde, een lading waspoeder verloren, een gevaar op de weg zeg ik je, een regelrecht gevaar.'

'Een actieve storing die vannacht ons land binnentrok zal nog geruime tijd voor neerslag zorgen in het zuiden. Geleidelijk raakt het grootste deel van het land buiten de invloed van deze storing, maar echt zomerweer wordt het voorlopig niet. Morgen zal het zwoel en drukkend zijn met kans op pittige onweders...'

'Zeg dat het niet waar is, zeg dat het niet waar is! Ze mochten het wel wat eerder gezegd hebben, het heeft vandaag verdomme de hele dag gerotzooid, ze kunnen er niets van!'

'Ja opa, ze zitten er weer eens goed naast.'

Ergens middenin de aflevering over de fuut is hij in slaap gesukkeld. Hij zat wat te knikkebollen tot hij zijn hoofd in zijn nek sloeg en met wijd opengesperde mond zat te snurken gelijk een varken. Ik zette de televisie uit en droeg hem naar zijn bed. Er brandde nog licht bij tante wasmachine, ze was waarschijnlijk een paar lastige vragen aan het beantwoorden. Ik besloot wat aan mijn kroniek te werken. Toen ik de trap van onze wagen op liep hoorde ik mijn naam.

Zoë?

Maar ik ontwaarde in het schemerdonker tante wasmachine, die me wenkte.

Ik was nog niet goed en wel binnen of ze begon haar verhaal.

'Nee, tante, dat meent u niet, en trouwens dat was gisteren.'

'Ja, ik heb het pas vandaag gehoord in het dorp, maar ik ben er zeker van dat er nog wel wat langs de weg zal liggen, je weet hoe dat gaat, kom jongen, ik die al zoveel voor je gedaan heb, het is hoogstens een halfuurtje hier vandaan, je moeder weet er al van.'

En zo reed ik rond elf uur 's avonds met de engelwitte Peugeot 404 langs kronkelende binnenwegen naar de plaats waar een vrachtwagen, wat zeg ik twee vrachtwagens, hun waspoeder hadden verloren. 'En 't is nog van zo'n goede kwaliteit,' had tante mij onderweg toevertrouwd.

*

Zoë en ik hadden verduiveld afgezien in Vreugd na Arbeid. Er was een bus met Japanse toeristen gestopt en ze wilden allemaal eens proeven van de lokale keuken. Het moet voor de baas een goede week geweest zijn want hij heeft ze een flinke poot uitgedraaid. Over de fooien heb ik niet gepiept, eens breed lachen en die kerels schoten zo in hun zakken. Raar volk, maar beleefd, en buigen dat ze doen, buigen voor het minste. Zoë en ik moesten dan ook om de haverklap, tussen ons gewone werk in, foto's nemen van kleine groepjes, bij de bar, met het eten en de aarden kruiken wijn, bij de jukebox, voor het café, met de patron, maar het liefst bij de foto en de trofeeën van onze plaatselijke gouden schoen die ze waarschijnlijk voor onze koning hielden. Na het werk fietsten we naar het bos. Zij hield haar armen stevig rond mijn middel geklemd toen we de helling afreden. De zandweg naar de hut was hobbelig, en Zoë schokte op de bagagedrager.

'Waarom neem je de asfaltweg niet?' vroeg ze, zich tegen me aan drukkend. Ik wist wel beter, over de asfaltweg gleed je naar de hut, en met zo'n vrouw op je bagagedrager kun je dat best missen, lang leve de oneffenheden.

We lagen op een open plek niet ver van de hut wat na te praten over de dag met de Japanners. Door de beloofde opklaringen zagen we alle sterren van het heelal. Ik wilde iets vertellen over het hoofd van een Japanse samoerai maar Zoë was me voor.

'Waar ga jij naartoe?' vroeg ik.

'Je mag niet kijken, nee, niet kijken.'

'Oké, oké, mijn ogen zijn dicht, ik zie niets.'

'Tadaaa!' riep ze wat later vanuit de opening van de hut.

'Zoë!'

*

De onweersvlagen van de afgelopen dagen waren eindelijk opgehouden, tot grote vreugde van alles en iedereen. Tante wasmachine kon weer wassen en plassen en de witte lakens te drogen hangen in de zachte zomerbries die door ons kamp sloop. De mensen van de openluchtcinema die weldra met *De avonturen van de dolle kever* zouden uitpakken hoefden zich geen zorgen meer te maken, Indira en Jesús die op trouwen stonden hoefden niet ongerust te zijn en het vuur kon weer worden aangestoken. En ik? Ik lig in de hangmat, de zon speelt op mijn gezicht. Ik kan mijn ogen nauwelijks openhouden. Af en toe scheert een vlieg langs mijn hoofd. Ik zie de dinosaurussen, nu pas begrijp ik de omvang van wat ik tijdens die aflevering van *Mens en dier* gehoord heb, nu dringt het tot mij door hoe klein ik ben. Een rilling kruipt langs mijn rug naar mijn hoofd. Als de dinosaurussen niet waren uitgestorven door een meteorietinslag zouden wij niet bestaan. Ik herhaal het in mezelf en probeer het te onthouden. Een hele zwerm gevoelens landt in mijn hangmat. Is het dat maar, wat wil ik eigenlijk, ik ga toch niet mijn hele leven glazen staan afwassen voor een of andere baas die met zijn luie kloten onder de palmbomen gaat liggen, ik zal zelf wel onder die palmbomen gaan liggen, en de kroniek, hoe zit het daar eigenlijk mee, tussen ons gezegd en gezwegen kan ik er ook beter over zitten babbelen dan dat ik die daadwerkelijk opteken, ach ja... Ik voelde me zo krimpen onder de logge schaduwen van de dinosaurussen, ik wilde leven, iets doen, en niet zitten wachten tot het zou komen, ik wilde niet in die schaduwen blijven liggen en wakker worden aan het einde van een nieuwe ijstijd, o nee, niet met mij, ik ontspring die dans, weg uit de schaduw, het vuur binnen, ze zullen eens zien wie Kuda Bux is.

Het is stil, het is hemels stil, de dinosaurussen zijn volledig uitgestorven. In een zee van wirwarkleuren hoor ik mijn naam roepen. Wat nu weer? Ach, wat was ik liever blijven wiegen in mijn zondagsmat, waarom moet ik trouwens wakker zijn? Om te werken? Om opa te horen? Om te dromen? Zou het eigenlijk niet heel wat ellende sparen als ik wat minder wakker zou zijn? Er is toch niets zaliger dan slapen, opa, eeuwig slapen? Eten en drinken? Oké, eten, drinken en slapen... en Zoë!

*

Op dezelfde dag dat hoofdinspecteur Derrick in de late namiddag (ZDF) zijn zesendertigste moord had opgelost stonden we bijna allemaal voor de ingang van de openluchtcinema, alleen Paco moest 'voor zaken' naar de stad. Grootvader had ons verboden binnen te gaan zonder 'zijn instructies' te hebben ontvangen. Ik stond met Zoë wat te kletsen over de architect die zijn vrouw had gewurgd en haar in de fundamenten van een nieuw appartementsgebouw had laten verdwijnen, toen 'onze generaal' arriveerde. Hij wilde voor de nieuwsgierige troepen stoppen, om de orders uit te delen, maar hij onderschatte nogal eens de remtijd van zijn nieuwe elektrische rolstoel, zodat hij totaal buiten zijn wil om de cinema binnen reed en wij het nakijken hadden. Hij riep me en ik bracht hem naar de bende. Hij schraapte tweemaal zijn keel, draaide zijn zware snor op en keek ons streng aan. 'Vandaag gaan we lol trappen,' zei hij, 'vandaag komt er een hele groep van het kamp van Dzenko Carlova naar *De zotte kever* kijken, en wij zullen ze eens liggen hebben. Jaja, je moet daar niet zo staan gapen als een geslagen stier.' En hij legde ons zijn strategie uit; ons onopvallend verspreiden over de genummerde zitplaatsen en, vanaf het moment dat er een dier op het scherm te zien was, lachen, wat ook de context was, lachen en gieren moesten we, zo hard en luid als we konden. Waar hij dat weer vandaan had wist geen mens, maar als we een gnoe, een krokodil of een kortsnavelboomkruiper over het witte doek zagen lopen, moesten we beginnen te lachen. 'En je zorgt maar dat ik jullie verdomme hoor of het zal donderen!' Het was donker genoeg, het werd stil en wij zaten op onze plaatsen strategisch opgesteld, hoewel de bus van het kamp van Dzenko Carlova nog niet was aangekomen (en nooit is aangekomen). Ik werd door een soort zenuwachtigheid overvallen toen de voorfilm begon, vooral toen er in witte flikkerende letters op een hemelblauwe achtergrond *De laatste boomkikker* verscheen. Ik proestte het uit. Na vijf beelden lag de hele cinema plat van het lachen. De hoofdfilm is twee keer gebroken, maar dat was van geen belang meer, en die bus van het andere kamp waren we allang vergeten toen we 's avonds de overwinning vierden met zeven kratten bier en de nieuwe gitaar van Luiz. Grootvader heeft rond de wilde vlammen verteld over een handelaar in sneeuw, een verre oom van hem die voor den brode naar de bergen trok en er sneeuw verzamelde en die in de herbergen aan de man bracht. Ik zie hem daar nog zo zitten gebaren in dat eeuwige gestreepte pak van hem. In de tijd dat de helderziendenzaken goed draaiden heb ik hem een kleine week zonder zijn pak gezien, in zo'n bleekblauw hemd met wiegende palmbomen en een witte broek die hem een paard te groot was en die hij met een koord wist op te houden. Alles kwam zonder twijfel uit zo'n derdewereldzak waarin hij had zitten graaien, ik was er toch voor gespaard gebleven, voor één keer had hij mij niet ingeschakeld om zijn plan ten uitvoer te brengen, en omdat ik het begreep en omdat Zoë me gek had gemaakt in de hut zei ik: 'Hola opa, niet mis.'

'Ja jongen, een mens kan toch niet alle dagen met hetzelfde aanlopen, en met die mooie zomer.'

'Ja opa, het staat je wel, je ziet er, hoe zal ik zeggen, jonger uit.'

'Vind je. Nou ik zei zo bij mezelf, Bux zei ik, altijd maar die kostuums, je moet je eens aan iets nieuws wagen, iets fris, en de klanten zien dat ook hoor...'

'Ja, een mens moet mee met zijn tijd, zo is het. En waar heb je ze gekocht?'

'O, je tante heeft ze voor mij meegebracht, ik weet niet precies waar ze dat vandaan heeft, ze kent ook zoveel winkels dat mens, ik zou het bij God niet weten.'

'Ik zal het haar eens vragen, want zo'n hemd lijkt me eerlijk gezegd ook wel iets.'

'Je gaat me nu toch niet zeggen dat je hier in hetzelfde hemd als je opa gaat lopen rondhuppelen.'

'Nee, maar een andere kleur misschien, bruin, of rood, ja...'

'Ze hebben alleen blauwe, bleekblauwe met groene palmbomen.'

'Maar ze hebben toch wel zwarte broeken mag ik hopen, een paar maatjes kleiner...'

'Jongens, jongens, jongens, kan een mens hier niet eens gewoon op zijn gemak zitten te genieten van zijn biertje, moet dat ventje de oren van mijn lijf beginnen te zagen over een hemd en een broek, het is verdomme ver gekomen, het is verdomme ver gekomen, je moet dat daar eens zien zitten met die venijnige glimlach op zijn smoel, denk je dan echt dat het altijd zo gemakkelijk is misschien, dat het den os gemolken is, zeg ik je.'

'Excuseer?'

'Den os gemolken meneer, maar dat begrijp je ook al niet zeker.'

'Opa, ik wilde gewoon...'

'Opa ik wilde gewoon, opa ik wilde gewoon, 't is al goed, ga maar iemand anders treiteren, o ja, het is waar ook, voor ik het vergeet, ik zou Zoë maar eens goed aan de tand voelen, ik heb haar eergisteren met Enrique zien lopen in de richting van het bos, jaja, een prettige dag nog verder.'

'Enrique?'

Ik wist wel dat hij gelogen had, maar sliep die nacht onrustig. De volgende dag op het werk bracht ik langs mijn neus weg Enrique ter sprake. Zoë reageerde niet eens. Toch heb ik voor alle zekerheid met haar een omweg langs de hut gemaakt na het werk.

Een paar dagen later hing grootvaders palmboomhemd in de wind te wapperen. Vader was thuis van de fabriek, hij zwaaide vanaf het terras. Ik liep langs de waslijn en zag een wit merkje met rode letters in de kraag van opa's hemd: 'Baumgarten Boris'.

'Dag vader.'

'Dag jongen.'

'Nooit eerder vertoond, voor het eerst in de wereld, de grote Kuda Bux, alias Boris Baumgarten, zal vanavond voor u over het vuur lopen, komt dat zien, komt dat zien!' schreef ik die avond op. In de verte hoorde ik de vlijmscherpe bijlen door het droge hout gaan, mijn vader zong:

In de groene bergen
zingen de zigeuners
en ik huil o broeder
zoals de snijdende wind

*

Die witte broek en dat hemd waren uit de tijd dat alles gesmeerd liep, maar na een week van groene palmbomen was hij het zat en kwam er herrie. Ze waren het blijkbaar volkomen oneens geworden over een antwoord op een gewichtige vraag die de toekomst van hun klant voor de rest van haar dagen zou kunnen beïnvloeden (grootvaders versie), of ze hadden een kleine oorlog gevoerd over de rol van de postbode (tante wasmachines versie). Was het nu het een of het ander, en het zal hoogstwaarschijnlijk wel het ander geweest zijn, dat speelt geen rol, ze weigerden nog met elkaar te spreken als de ander zijn of haar excuses niet eerst aanbood. Maar toen tante wasmachine de postbode in haar woonwagen uitnodigde voor een kop koffie kreeg het spel andere proporties. Toch kon mijn grootvaders derde hartaanval het ijs niet doen smelten, ze hielden hun poot stijf.

'Maar tante, hij is er echt niet goed aan toe, waarom bezoek je hem...'

'Jongen, hij heeft het allemaal zo gepland, denk je nu echt dat ik daar nog in trap, ik durf er mijn kop om te verwedden dat hij die dokter heeft omgekocht, neenee, niet met mij meneer, o nee, als hij er niet tegen kan dat ik mensen inviteer zal hij maar zijn ogen moeten sluiten, wie denkt hij wel dat hij is...'

'Maar tante, hij is echt ziek, hij ziet zo bleek, en ik kan hem niet helpen, stel je voor, geen bier, geen televisie, geen vuur, dat wil toch iets zeggen?'

'Dat het hem goed zal doen, en als je meneer God nog eens tegenkomt zeg hem dan vanavond rond zeven uur door zijn raam te kijken, dan zal ik samen met mijn gast eens zwaaien, goed?'

'Nee zeg, komt de postbode vanavond hier, in het kamp?'

'Ja en wat dan nog jongen, je gaat nu toch ook niet beginnen, hoop ik.'

'Nee, nee tante, het is jouw...'

'...leven, ja, dankjewel.'

'Maar zou je hem nu niet eens kort gedag zeggen, ik ben er zeker van dat hij zou opfleuren, toe.'

'Over mijn dooie lijk jongen, over mijn dooie lijk.'

(en bij opa Bux)

'Als ze hier een voet binnen zet schiet ik haar verdomme overhoop, wat denkt dat mens wel, ze zal verdomme van verder...'

'Kalm opa, kalm, denk aan uw hart, de dokter...'

'Hart, hart, ik heb geen hart en die dokter kan ontploffen. Wat heeft ze gezegd, dat ze misschien eens langs zal komen, maar dat ze nogal veel werk heeft de laatste tijd, ja het zal dan alleszins niets met een wasmachine te maken hebben, is ze verdomme niet beschaamd die man zomaar in haar kot binnen te laten, kom jongen, ik krijg het op mijn zenuwen, schenk mij eens een borrel in...'

'Opa, je mag niet drinken, dat weet je best, de dokter...'

'Alcohol zeg ik, en wat rap, heb je me gehoord.'

(wat later)

'Opa, zou je echt niet stoppen met die brandewijn, ik denk...'

'Kom, nog eentje, het laatste, het allerlaatste voor vandaag. Ach weet je, het is al bij al nog niet zo'n slecht mens, weet je. Wat hebben wij vroeger plezier gehad, dat waren nog eens zomers, ik herinner me een dag in...' en grootvader is vertrokken en in zijn kussen weggezakt haalt hij herinneringen op die hij alleen begrijpt en waar hij van ligt te genieten. Zou ik het nu durven?

'Zeg grootvader, wat zou je ervan denken als ik tante eens haalde, en dat je, hè, je weet wel, ze zal het heus wel begrijpen dat jij niet naar haar kunt...'

'Ach ja jongen, misschien heb je wel gelijk, ik reik haar de hand en geef haar drie zoenen.'

'Gelijk heb je.'

'Ja, ze zou ze nog durven weigeren ook.'

'Pardon?'

'Dat ze ze nog zou durven weigeren ook zeg ik, je kent

haar niet hoor jongen, aan jou zal ze die kantjes niet laten zien, o nee, een heilige is het voor de buitenwereld, maar je weet toch dat zij me die verdomde haardroger cadeau gedaan heeft, je bent het toch nog niet vergeten, een giftige slang is het, kwaad bloed, ze zou je verdomme belazeren waar je bij staat, en dan die affaire met die postbode, daar loopt een mens toch van tegen de muren op, zijn dat nu doeningen van een vrouw van haar leeftijd, ze zou zich verdomme moeten schamen, maar nee, madam haalt dat rund nog binnen in haar kot op de koop toe, waar moet dat allemaal naartoe, waar moet dat allemaal naartoe, zomaar, hup, binnen en hup, buiten...' en grootvader raasde maar door tot hij van het ene op het andere moment zomaar in een diepe slaap viel. Ik dacht eerst dat hij er geweest was, tot hij begon te snurken. Toen ik de volgende dag van het werk thuiskwam merkte ik de wapperende was van tante op, alles had een lichtroze kleur, ook de broek van opa, en dat beloofde niet veel goeds.

'Wat tante nu weer is overkomen,' zei moeder aan tafel, 'ze heeft een rood hemd bij opa's witte broek en de tafellakens gestoken. Zij met al die jaren ervaring.'

*

Zoë.

*

Bijna iedereen was er. De beruchte familie Martinez (trinken, trinken, trinken) stond ergens halverwege aan een rotonde. Ze zouden wat later zijn, ze hadden gisteren ook een feest gehad en het was nogal uit de hand gelopen, waarna ze in bedenkelijke toestand met hun negenen in hun nog beruchtere bestelwagen waren gekropen, en met die verlammende zon hebben ze een paar keer moeten stoppen omdat een paar kinderen onwel waren geworden, wat algauw bij de oudste van het gezelschap, die ook goed in de drank had gezeten de dag ervoor, op zijn systeem was beginnen te werken en hij van pure nervositeit is gaan overgeven op het pak van de kleine Raoul, maar ze waren in aantocht, ze gingen komen, al stond de wereld in brand. Moeder had me de opdracht gegeven het verschrikkelijke schilderij dat we ooit eens van de Martinezzen cadeau hadden gekregen te zoeken, ze gingen er zeker naar vragen als ze binnen zouden komen. Het was zo'n reproductie van een kudde paarden in een afzichtelijke blauwe lijst, je kan het niet over het hoofd zien, maar toch vond ik het nergens.

'We hebben het toch niet weggesmeten alsjeblieft, Maria, madonna, wat zullen ze niet zeggen, desnoods moeten we een nieuwe gaan kopen.'

'Ik zal het wel vinden moeder, misschien ligt het bij opa. Ik loop even langs.'

'Nog niet te wild met hem doen, hoor jongen.'

Opa zat zich te kammen voor de spiegel, hij was weer de oude Bux, ijzersterke man. Hij was tegen zichzelf aan het murmelen. Ik was al blij dat hij en tante wasmachine voor het feest van Indira en Jesús overeen waren gekomen hun kleine oorlog te staken.

'Hoe zou ik nu weten waar dat schilderij is jongen, denk toch eens na, denk toch eens na, en trek me eens een biertje open, het is hier niet uit te houden van de warmte, met zo'n das om je nek. Zit zíj al aan tafel?'

'Kom opa, je hebt beloofd: geen toestanden op het feest.'

'Ik niet, nee.'

'Zal ik je naar de tafel brengen, of rijd je zelf?'

De lange tafels stonden in een groot vierkant opgesteld.

'Het is eens wat anders, die roze tafellakens in plaats van witte,' was het eerste wat hij tegen tante wasmachine zei toen ik hem naar het midden van de eretafel duwde, maar ze besteedde er geen aandacht aan omdat ze druk in de weer was met het eten. Zij, moeder en een paar andere vrouwen van het kamp hadden zich een paar dagen in hun keuken teruggetrokken om zich aan hun toverkunsten te wijden. De families kwamen uit hun woonwagens en de muzikanten stonden aan het terras van de bruid te spelen. Indira kwam naar buiten, ze had een prachtige witte jurk aan en een sluier van wel twintig meter. Haar trotse vader bracht haar tot aan de tafel waar alleen opa Bux zat. De moeder van Jesús stond naast de wc te vragen of alles goed ging, hij was op van de zenuwen. Toen hij zijn engel aan de tafel zag is hij van zijn stokje gegaan en hebben ze drie volle glazen water tegen zijn gezicht moeten gooien tot hij weer bijkwam. Volgens onze traditie gaf Jesús zijn geliefde de ring, zei iets wat niemand kon verstaan en kuste haar. Op het moment dat het huwelijk werd bezegeld arriveerden de Martinezzen, die waren in mei getrouwd, niet echt een gelukkige maand om te trouwen omdat, naar men beweert, dan alle ezels verliefd zijn. De geschenken werden in het midden gezet en een neef van de bruidegom maakte ze open en toonde ze aan het gezelschap dat nu plaats had genomen aan de roze tafel. 'Oooooh een koffiezet' en 'oooooh een kruimeldief' en 'oooooh een servies' en 'oooooh een schilderij' en 'oooooh een strijkijzer' en 'aaaaah nog een kruimeldief'.

Flits! en we stonden erop, en flits! nog een keer en, niet bewegen daar vooraan in de hoek alstublieft, we stonden er nog een keer op. De trouwfoto kon nu tot leven komen. In een chaotische beweging verliet iedereen het kader, mannen in gestreepte pakken waaronder ze een kleurrijk hemd droegen, hun gitzwarte halflange haren en gouden tanden blinkend in het oranje avondlicht, en vrouwen in lange rokken gehuld, met opgestoken haren die hun notenbruine gezichten met diepdonkere amandelogen iets mysterieus verschaften. Het feest was begonnen. De kruiken wijn werden doorgegeven, de muzikanten speelden erop los en de vrouwen brachten de tapa's naar buiten. Zoë en ik zaten naast opa Bux, die alleen maar oog had voor tante wasmachine.

Olijven, gebakken vis en krab, tortilla's en paprika's, kip en gamba's, Russische salade en ansjovissen, manchego en jamón, ajuinen, courgettes en forellen, ragout en gesmoord lam en duizend oceanen wijn. Jesús en Indira zaten te glunderen naast hun ouders en moeder liep nog altijd te hopen dat de familie Martinez niet in onze woonwagen binnen zou gaan, alleen al vanwege het schilderij. Even was ze opgelucht toen mevrouw Martinez tot de vaststelling kwam dat ze een kleine misten en dat het niet uitgesloten was dat ze hem bij de rotonde vergeten waren. Maar moeder had verkeerd gegokt, want mevrouw Martinez vroeg of zij niet even op de rest kon letten terwijl zij gingen zoeken. Het begon te schemeren en de dans werd ingezet. De mannen met hun jas over hun schouders maakten kleine passen terwijl ze met hun armen voor zich uitgestrekt klakten met hun vingers, de vrouwen hieven hun rokken, stampten hard met de voeten op de grond en smeten hun sierlijke arabesken draaiende handen tot in de hemel. Kinderen waren door het dolle heen. Iedereen was uitbundig en de tafel was één levenslustig geroezemoes, sommigen zakten al goed aangeschoten onderuit en anderen waren met een dubbele tong aan het uitleggen hoe de wereld eigenlijk in elkaar zat, en we waren nog maar net begonnen. Zoë en ik zaten op de motorkap van de witte 404 te luisteren naar de wilde bende die een slang vormde en zich door het kamp slingerde, we konden er niet aan ontsnappen en werden meegesleurd in een bezwerend ritme van bambambambam-bassen en kriskroeskras-violen, van boemtatata-trommels en schilschalschelle-schijven van toetita-trompetten en bom-bom-bombardonnen.

'Waar is de tijd, hè Bux, toen wij nog zo jong waren,' zei de vader van Indira tegen grootvader, die de hele avond al opmerkelijk stil was geweest.

'Ja, zeg dat wel, we hebben ons ook niet laten kennen.'

'Nog een glaasje?'

'Ach ja, het is geen emmer.'

'En hoe gaat het met de tikker?'

'Hij tikt nog, geloof ik.'

Wilde zwijnen zijn bewoners van bossen en moerassen. Hun spitse kop baant zich gemakkelijk een weg door het struikgewas. Zij verplaatsen zich op korte ledematen die eindigen in vier tenen met hoeven en zeker niet in een zevenkleurige bestelwagen met het duistere opschrift 'Ganzkräke'. Al toeterend en zwaaiend arriveerden vader en moeder Martinez met hun verloren zoon, tot grote vreugde van mijn moeder, die nu van die kinderen en die oude lastpost verlost was; over dat schilderij zouden ze wel niet meer piepen.

'Ah Maria, zijn ze braaf geweest, mag ik me even wat verfrissen?'

'Euh...'

'Het is jaren geleden dat ik hier binnen ben geweest, wat ruikt het hier lekker.'

'Oeioeioeioeioeioeioei, madonna, madonna,' mompelde moeder en liep met mevrouw Martinez mee de woonwagen in.

Ondertussen aan de tafel...

'Zie ze daar toch eens dansen, dat ik dat nog gekend heb toen ze nog geen schop hoog waren, en nu zijn ze al getrouwd, mens wat vliegt de tijd toch.'

'Ach vrouwmens, wat zit je daar toch weer te janken, dat is iedere keer hetzelfde met haar, dat jankt op een trouwerij, dat jankt op een begrafenis, dat jankt als Julio op de televisie komt, janken, janken en nog eens janken, je zou er soms de muren...'

'Daar heb ik geen last van.'

'Hoe bedoel je?'

'Ja, ik heb nog weinig doden horen janken.'

'Hoezo, ik wist niet, ik dacht al bij mezelf waar zit...'

'Onder de grond jongen, diep onder de grond.'

'Ja, het is ook zo verdomd langgeleden dat we mekaar... zeg, wist je dat al, Paco's vrouw is al een halfjaar overleden, dat is me toch ook...'

'Ja, je moet nu niet beginnen te janken, ja, sssst, niet zo luid, hij kan ons horen, en stop toch eens met dat gepiep, wat zeg je, mens mens, zo kan ik je toch niet verstaan, ja, ik begrijp het ook niet dat hij ons niets heeft laten weten, hij had toch op z'n minst...'

En de jankende vrouw vroeg aan haar buurvrouw: 'Wisten jullie dat Paco's vrouw dood is?'

'Ja, ik heb jullie trouwens niet gezien op de begrafenis, een triestig verhaal, ach, een dieptriestig verhaal.'

En Paco begon tegen zijn andere buurman: 'Wat een ellendeling, moet hij nu miljaar juist naast mij komen zitten, ik kan dat rund niet rieken, ik begrijp niet waarom de familie van Indira hem heeft uitgenodigd, dat is toch niet te begrijpen.'

En rechts van de tafel...

'Dat rood gaat toch niet samen met haar schoenen, en...'

'Heb je haar coiffure al eens goed bekeken, je kan net zo goed met een cactus op je kop lopen, ze is trouwens serieus vervet, en die ring...'

'Ja, drie plus één gratis, zou ze nog een affaire hebben met die postbode?'

‘Ik heb gehoord dat de oude Bux er niet goed van geweest is.’

‘Dat zal wel van wat anders zijn, zo drinken, zie hem daar nu eens zitten, zijn glas is nog niet halfleeg en hij laat al bijvullen.’

‘Hij is wel wat stiller dan anders, vind je ook niet dat hij wat stiller is?’

‘Ja, nu je ’t zegt, op andere feesten stond hij tegen die tijd al op tafel met zijn broek op zijn knieën. Gaan we nog een stukje taart halen, zo’n heerlijke taart, ik vraag me af wie hem gebakken heeft.’

En links van de tafel...

‘Dat gaan ze nooit doen, ik geloof nooit dat de nationale regering zulke klootzakken zijn, en als ze het doen steek ik de boel in brand, met mezelf erbij, onnozelaars!’

‘Toch hebben ze in het zuiden al een paar kampen gesloopt, ik heb er beelden van gezien op de televisie, en ze rukken op, wij hebben daar nog niet echt voor te vrezen, maar hier, ik zou er nog niet zo zeker van zijn.’

‘Ach, wie in de toekomst leeft is dood, en laat ze maar eens komen, we zullen eens zien wie er hier de baas is.’

‘Je kunt er niets tegen beginnen, niets.’

‘We hebben er altijd buiten geleefd en we zullen er altijd buiten blijven leven.’

‘Ze willen ons binnenhalen.’

‘Dat zullen we dan nog wel eens zien, gooi ze nog eens vol, gitano,’ en hij hief zijn glas en dronk op de toekomst terwijl hij tante wasmachine zocht die naast Maria was gaan zitten.

En onder de tafel knoopte de kleinste van de Martinezzen de schoenveters van zijn oom aan die van Luiz.

Het vuur werd aangestoken. Het vochtige aanmaakhout

veroorzaakte witte rookpluimen. Vader wakkerde het aan tot het goed brandde. De vlammen kropen tot hoog boven de tafel en wierpen een rode dansende gloed op de gezichten van de gasten en het bruidspaar. De vader van Jesús hadden ze al naar zijn bed moeten dragen, drie man sterk, en Jesús zelf had een klap op zijn gezicht gekregen omdat hij Indira had aangesproken met Brigitte Bardot, en zij daar niets van moest weten.

'Ik wil naar Amerika,' zei ik tegen Zoë. 'Oké,' antwoordde ze, 'dan moet je nu vertrekken en niet wachten tot morgen.'

'Je gaat toch mee?'

Iedereen zat rond het vuur geschaard, dat knetterend verbond waarvan onze gezichten gloeiden. Onze ruggen waren koud van het vroege ochtenduur en de vallende dauw. Er werden dekens gehaald, men schonk brandewijn. Vader waakte over het vuur en hield het brandend. Hij had zijn mouwen opgestroopt en hout gekliefd. Hij glimlachte even naar Zoë. En het begon te dagen maar we dansten en zongen samen:

pak haar vast, pak haar vast
en laat haar nooit meer los
draai haar rond, draai haar rond
en smijt haar op de veren

en:

de wagen gaat voorbij
de paarden hebben dorst
de wagen gaat voorbij
zijn spoor blijft altijd achter

of:

dans en lach, Salome
in het licht van de maan
dans en lach
en laat je rokken zwieren

En het werd stil. De liederen en de gitaren losten op in de witte ochtendnevel en alle ogen waren nu op grootvader gericht. Het was alsof het vuur sprak... maar verder dan een gesmoord 'ik...' kwam de grote Indiër niet en dat beloofde niet veel goeds.

'Het zal de drank wel zijn.'

'Hij is moe, zie je dat dan niet...'

'Ja, hij is ook de jongste niet meer...'

'Ach ja, kom we gaan er nog een drinken...'

'Heb je nu nog niet genoeg stuk...'

'En met die hartaanval, een mens mag dat ook niet vergeten, ik herinner me nog Luiz...'

'Gaat het Bux, zou je niet beter...'

Opa wilde nog even alleen bij het vuur blijven zitten, zonder veel uitleg. Op de een of andere manier begrepen we allemaal wat hij bedoelde, maar niemand kon het uitleggen. We lieten hem alleen achter, hij zou zijn plan wel trekken. Hij zat wat doorgezakt met zijn jas over de schouders. Zijn diepdonkere ogen blonken met gestadige glans in die grote oogkassen. Hij duwde zijn hoed tot over zijn weerbarstige wenkbrauwen en wierp Zoë een kus toe. Ik twijfelde. Toen ik hem een zoen wilde geven fluisterde hij hees: ''t Is gedaan.'

'Kom, kom nu opa, ik zal je naar bed brengen.'

'Nee jongen, laat me hier maar even alleen, afgelopen, fini,' zei hij bijna onhoorbaar.

'Wat scheelt er?' vroeg Zoë terwijl ze haar jas dichtknoopte.

'O niets, hij is wat moe.'

Boven het zonnebloemveld hingen rode slierten nevel. De eerste vogeltjes kwetterden vrolijk en het gekwaak van een kikker steeg op uit de met riet begroeide oevers langs het beekje. Het bos rook naar bos, de ochtend naar ochtend.

'Wat ben ik blij dat jij bestaat.'

Ik omhelsde haar en ging terug naar het kamp. Het was wat fris. Met mijn handen in mijn zakken liep ik over de mulle zandweg. Ik concentreerde me en hief een steen van de grond.

'Wat is er met mijn grootvader?' vroeg ik aan de steen die me vergezelde. Maar hij antwoordde met een luide knal tegen het bord 'Alles voor het vaderland!' langs de kant van de weg.

Het vuur gloeide nog. Er was niemand meer te bespeuren. Niemand?

'Nee, opa, opa!' riep ik toen ik hem tussen het vuur en zijn wagen zag zitten. Zijn hoed was op de grond gevallen en zijn hoofd hing slap naast hem. 'Help, o nee, alstublieft.' Mijn hart bonkte in mijn keel en het zweet brak me uit, ik was op slag wakker, ik liep en liep en liep.

'Opa!'

'Aaaaaaaaargh, godverdegodver!'

'Godzijdank, opa, wat zit jij hier te doen, je jaagt me de stuipen op het lijf.'

'Kan het niet wat kalmer, ja.'

'Maar...'

'Ik ben stilgevallen.'

'Hoezo, stil...'

'Ja, jongen, ik heb nog wat rondjes rond het vuur gereden en toen ik naar huis wilde rijden ben ik stilgevallen, lege batterij.'

'Waarom heb je niemand geroepen?'

'Omdat ik verdomme mijn stem kwijt ben jongen, hoor je dat dan niet, er komt haast niets meer uit, niets, noppes, nada.'

Oef, dacht ik bij mezelf, oef, oef, oef.

De snuit van het wilde zwijn eindigt in een woelschijf. Hiermee woelt het de mulle bosgrond om op zoek naar voedsel. Als er genoeg te eten valt in het gebied waar het woelt wordt het wild zwijn alras een tam zwijn, maar het blijft een zwijn. De familie Ganzkräke is vier dagen blijven plakken in het kamp, dat wil zeggen vooral in onze wagen. De tweede dag na het feest werd de helft van de trouwcadeaus in hun bestelwagen teruggevonden (vrouwelijke wilde zwijnen werpen drie tot twaalf jongen; ze zijn klein maar toch goed ontwikkeld en pienter). Er verdwenen trouwens elke dag dingen uit onze wagen. (Hoe is dat nu in godsnaam mogelijk, een mens zou waarlijk denken dat het hier spookt.) De kwestie van het verdwenen schilderij hebben ze vooral met hun inmiddels legendarisch geworden verzoek 'Is er nog bier? En is er nog bier? En wijn is ook goed' uitgebuit. De televisie stond vier dagen loeihard en alles had een vreemde geur. Moeder kon je meestal buiten of bij tante wasmachine aantreffen en ik moest gelukkig, zoals vader, werken. Maar drie nachten heb ik het privilege gehad de woonwagen te delen met vier huilende en tierende monsters, die tijdens mijn afwezigheid het vijfde hoofdstuk van de moeilijk vorderende kroniek hadden afgerond met de wijze woorden: kakka, pipi, stront, konij-ij-ijnepijp.

6

‘Ik ga niet mee!’ had hij geroepen, en hij ging niet mee. Hoewel ik voor de eerste keer sinds lang een vrije dag had kon ik het vergeten eens goed uit te slapen. Om vijf uur vijfenveertig, jawel, vijf uur vijfenveertig des morgens pakte de ZDF uit met hun alom geprezen consumentenmagazine *Volle Kanne, Susanne*, en grootvader, die nog steeds geen weg wist met de afstandsbediening van zijn televisie, wilde de tweede aflevering voor geen geld missen. Natuurlijk was het hem niet om de werking van de hogedrukreiniger of de voordelen van een elektrisch broodmes te doen, maar om Susanne, die voorzien was van alles waarvan een goede Susanne voorzien dient te zijn. Of was hij moe, of voelde hij zich niet meer de oude Bux? Hij wilde misschien tante wasmachine controleren, want het begon toch wat uit de hand te lopen met die postbode van haar. Of nee, waarschijnlijk wilde hij me laten weten dat er nog meer dan tante wasmachine was, dat hij zomaar niet bij de pakken bleef zitten, dat het leven nu eenmaal voortging. Een mens mag het draaien en keren zoals hij wil, het was zaterdag en kwart over vijf, en ik stond slap, met branderige ogen en op blote voeten voor grootvaders woonwagen.

‘Eindelijk,’ hoorde ik hem zuchten nog voor ik op de deur had geklopt.

De wagen was gevuld met een mengeling van gas en koffie, alles lag al klaar: de afstandsbediening, pen en papier en het televisieprogramma.

‘Goed geslapen jongen, je ziet er maar wat pips uit hoor, voor zo’n jonge man, toen ik zo oud was als jij, sliep ik niet, ben je er klaar voor, en schrijf het alsjeblieft klaar en duidelijk, of ik geraak er niet wijs uit, grote letters en omcirkel de cijfers, oké? Ik begin, kwart voor zes, *Volle Kanne, Susanne*, aardig meisje, aardig meisje, heb je dat?'

'Ja opa, aardig meisje, ik schrijf het zo op.'

'Nee nee nee, dat moet je verdomme toch niet opschrijven, ga je nu alles beginnen op te schrijven wat ik verdomme zeg, jij rund, je zou je beter wat concentreren.'

'Wacht opa, ik kan je niet volgen, herhaal nog eens, rund, en dan?'

'Ga je nu eens stoppen met dat onnozel gedoe!'

'Oké, oké opa, dat is ZDF en dat is nummer?'

'Dertien.'

'Zeventien opa, ze-ven-tien. Maar ik zal de televisie sowieso aanzetten op nummer zeventien, ik moet het er eigenlijk niet bij gaan schrijven, dat is over...'

'Opschrijven zeg ik. Daarna, een halfuur later, op hetzelfde kanaal, *Leute heute*.'

'En dat is welk nummertje?'

'Dertien.'

'Zeventien, zeventien, zeventien.'

'Jaja, en dan let op schakelen we over naar de ARD voor *Musik ist Triumpf*, het begint wel zeven minuten vroeger, maar misschien is er vertraging, want den Duits heeft nog altijd geen uurwerk me dunkt, dus, schrijf op ARD dertien, en omcirkel het.'

'Zestien, ARD is zestien.'

'Wel schrijf dat dan op, zaag.'

'En dan opgepast, terug naar de ZDF voor *Abenteuer Wildnis* over het rijk van de Russische beer, je zal wat missen jongen, je zal wat missen.'

'Zal ik het anders opnemen?'

'Er wordt hier niets opgenomen, hoor je me, als meneer het beter vindt in de stad dan hier, moet hij maar in de stad gaan uitzoeken hoe de Russische beren leven, en ga je het nu nog opschrijven, want Susanne begint bijna.'

'Ja maar opa, een klein momentje, we zitten met een probleem.'

'Een probleem, hoezo een probleem?'

'Wel, op hetzelfde moment dat ze de documentaire over de beren uitzenden geven ze op de ARD de Oostenrijkse schlagerfilm *Schweijks Flegeljahre*, uit drieënzestig, wat moet ik nu...'

'Hoe is dat nu toch mogelijk, kunnen ze verdomme niet eens wat rekening houden met de mensen, het is godgeklaagd hoe die programmering in mekaar steekt, ik vraag me af welke onnozelaar dat nu weer geflikt heeft, een beetje coördinatie zou toch niet slecht zijn, maar nee, hup alles door en over mekaar, een mens zou verdomme honderd ogen moeten hebben, je zou ze toch...'

'Zal ik het anders opnemen, dat is geen moeite, en dan kunnen we samen kijken?'

'Naar die schlagers?'

'Nee, naar die beren natuurlijk.'

'Wel ja, doe dat dan, een geluk dat ze die dingen nog hebben uitgevonden, of een mens zou de helft van het hele gebeuren missen, oké, dus negen uur twaalf, die beren, euh die schlager, en schrijf alsjeblieft het juiste nummer ernaast, dan een halfuurtje pauze, dan zal jij al in de stad rondlopen jongen, breng je me iets mee?'

'Ja natuurlijk opa, dat spreekt vanzelf.'

We werkten het lijstje met zijn dagprogramma af, controleerden nog eens of de nummers overeenstemden met het kanaal en of de uren klopten.

Vader had een paar dagen verlof, technisch werkloos, zoals dat heet, er waren problemen met een Japans vrachtschip. Hij had me meegevraagd naar de stad waar hij wat papieren in orde moest maken. Eigenlijk wilde ik liever bij opa en Zoë blijven, maar de grote stad trok me ook aan, ik zou er zeker wat inspiratie op kunnen doen, en misschien zou ik door die muur van stilte rond mijn vader kunnen breken. Hij stopte bij Vreugd na Arbeid voor sigaretten en vroeg of ik zin had in koffie. We gingen op het terras zitten. Het beloofde een warme dag te worden. De zon danste al vrolijk door de nevel heen en verschafte de muur van het café een diep okeren aanblik. Ik zat te kijken hoe vader een sigaret opstak, maar mijn gedachten waren bij grootvader. Mijn ogen waren open, maar toch zag ik hem helder en duidelijk in zijn rolstoel naar de televisie kijken. Wat zou ik hem meebrengen uit de hoofdstad?

Vier uur rijden naar de stad, vier uur slingerende wegen door de velden van mijn land, vier uur met mijn vader onderweg. Waarover zouden we kunnen praten, zou ik doen alsof ik slaap? Kwart voor elf, dat wil zeggen dat grootvader naar het doen en laten van de Russische beren zit te gapen, of zit te slapen, of zit te vloeken omdat hij het juiste nummer niet vindt, of tante wasmachine en de postbode zit te bespioneren, of... nee toch, hij zal toch niet...? Ach welnee, zo'n beer van een vent, hij heeft het gewoon wat lastig gehad de laatste tijd, ik durf te wedden dat hij al een biertje aan het drinken is, oei, hij had toch nog bier in huis, ach ja, hij kan beter niet drinken ook, maar ik zal het wel horen als er geen in zijn ijskast stond, en eigenlijk op zijn jaren, wat maakt het nog uit, volle Kanne, Susanne.

'Wat zeg je?'

'O niets, ik zat even aan opa te denken, ik...'

Nog elf kilometer, al vierenveertig rode auto's gesignaleerd en 'Una paloma blanca' op de radio.

Het was schokkend aanschuiven tot aan de parkeerplaats binnen de ommuurde stad. De brief, ik mocht de brief niet vergeten te posten in de stad. Ik tastte onopvallend in mijn zak om te controleren of hij er nog zat, niemand zou mij verdenken. Ik liep in gedachten mijn zeven vragen nogmaals na, en vroeg me af hoe ik tante wasmachine zover kon krijgen dat ík haar antwoorden zou afgeven op het postkantoor en niet, voor deze ene keer, de vlijtige postbode (die haar onlangs ten huwelijk had gevraagd).

De stad was een wirwar van geluiden. Alles leek te bewegen en iets te willen. Op de weg naar het historisch centrum stonden kleurrijke kraampjes met verfrissingen onder hoge loofbomen. Terrasjes zaten afgeladen vol met alle soorten mensen, en politiemannen waren drukdoende met het verkeer en met de stadskaarten van de toeristen te lezen. Ik was blij dat ik mijn benen kon strekken. Vader had wat last met zijn ademhaling de laatste tijd. Hij zou even op een bankje uitrusten, we zouden elkaar wel bij de grote fontein op het plein treffen. Ik postte onopvallend mijn zeven vragen aan een helderziende. Toen ik een klok één keer hoorde luiden dwaalden mijn gedachten naar grootvader, als het nu half een was, een uur of half twee, het deed er niet toe, als alles goed was verlopen hoorde grootvader nu een Oostenrijker jodelen in een overweldigend berglandschap. Ik zat op de rand van de fontein naar de voorbijgangers te kijken. Er schoot me iets te binnen, iets wat ik zeker in mijn kroniek moest vermelden. Ik zocht een stuk papier om mijn idee op te schrijven en vond een geelachtig strooibiljet. Ik streek het glad en maakte een schema (nachtmerrie, wassende maan, opa en verhaal van weerwolf, middelpuntvliedende kracht en verdwijning) en stak het papier in mijn achterzak zonder er verder aandacht aan te schenken. Vader, die nu ook boven was gearriveerd, stelde voor iets kleins te eten in een restaurant langs de rivier, hij kende de eigenaar van vroeger, en het eten was er goed en betaalbaar.

'Waarom stop je?' zei hij.

'Ik heb iets vergeten op te schrijven,' mompelde ik terwijl ik in mijn achterzak tastte. Toen dicteerde iets in mij: 'Ik ben de optelsom van wat ik doe, niets anders, geen mysterie...' en verder kwam ik niet. Ik herlas wat ik had opgeschreven, maar kon niet vatten wat ik ermee bedoelde, wie had mij deze woorden ingefluisterd? Die twee mannen daar bij de ingang van het park, waren zij geen vertegenwoordigers van KADUX INC?

We aten geroosterde sardienen met brood. Vader vertelde me een verhaal uit zijn jeugd, over een paard dat afgemaakt moest worden. We spraken af bij de auto rond zeven uur. Vader knikte kort naar de violist die op het terras van een ander restaurant stond te spelen.

'Ken je hem?'

'Ja, Györgu, hij heeft ook nog in de fabriek gewerkt.'

'Is dat de sprekende buik?'

'Neenee, dat is Lakatos, een Rom uit Hongarije, maar die werkt nog bij ons.'

'En heeft hij nog zijn pop?'

'Ja, af en toe tijdens de pauze maakt hij wel eens grappen. Tot straks.'

'Ja, tot straks, zeven uur.'

Zeven uur, dat is over vier uur. Ik liep wat verloren en probeerde een schema te maken voor mijn kroniek, maar het lukte niet. Ik heb zeker anderhalf uur op een bankje in het park gezeten, gewoon zitten kijken naar de voorbijgangers. Je bent nu eens vrij, Kuda Bux, je kunt doen wat je wilt. Waarom verberg je je gezicht voor die twee mannen? Ik miste Zoë en grootvader, wat liep ik daar ook alleen te doen in die grote stad. Stel je voor dat je niemand kent, dat je tegen niemand kunt praten en dat je nergens heen kunt; je weet toch waar je naartoe wilt, Kuda Bux, je hebt toch een doel?

Rond zes uur stond ik al op de parking rond onze auto

te draaien. Ik was opgelucht toen ik vader de brede straat zag oversteken. Hij had de hele namiddag in een wachtzaal gezeten om uiteindelijk de stempels en de handtekening te krijgen. Op weg naar huis babbelden we over ons kamp, of het zou worden afgebroken of niet. Vader was niet te optimistisch. Op het trouwfeest had hij er lang met Ramon over gepraat: 'Het zal niet lang meer duren,' had hij gezegd, 'het zal verdomd niet lang meer duren.' Ik meende dat het allemaal niet zo'n vaart zou lopen, maar mijn enthousiasme had alles te maken met het feit dat we naar huis aan het rijden waren.

Als alles goed ging zou over vijf minuten op de ARD het Duitse melodrama uit 1939 *Es war eine rauschende Ballnacht* beginnen.

Ay, ik heb niets voor grootvader en Zoë gekocht.

7

Ook als De man van zes miljoen de verpakking van een doos cornflakes op zou eten krijgt hij meer voedingsstoffen binnen dan wanneer hij de cornflakes zelf zou opeten. We kunnen echter bezwaarlijk aannemen dat de man die door muren kan lopen en met zijn blote handen een knoop in een zwaard kan leggen zoiets zou doen, in tegenstelling tot opa Bux, die eergisteren op de kartonnen haan zat te sabbelen. Een paar weken na het trouwfeest reed hij nochtans weer uitgerust en opgeladen door het kamp, alsof er niets gebeurd was. Hij vroeg me zelfs of ik niet iemand kende die die krakkemikkige rolstoel voor hem zou kunnen opvoeren. Het leek alsof hij uit een winterslaap was opgestaan. Hij liet alweer tante wasmachine, die nietsvermoedend haar wasknijpers aan het zoeken was, schrikken, hij dronk er weer duchtig op los en riep me een halfuur voor *Mens en dier* begon, om de juiste zender voor hem te vinden, want met al die knopjes... Over het geschenk uit de stad dat ik vergeten had heeft hij niet eens gepiept, maar ik heb nooit achterhaald of hij het zelf ook vergeten was of deed alsof. Toch was er iets veranderd aan hem. Hij zag wat bleker en fronste af en toe zijn wilde wenkbrauwen. Hij maakte wel nog eens een grap, maar kwam wat moeilijker uit zijn woorden dan anders en begon zo nu en dan vreemde verhalen te vertellen. Ook sprak hij me soms aan met Latsko of Jesús of Baba Suzuki.

'Ja, er zijn er niet veel die duizend jaar worden, hè jongen, dat is niet iedereen gegund, euh, ik bedoel achthonderd jaar natuurlijk, waar zat ik met mijn gedachten' of:

'Kijk, een roodstaartje op je dak, het gaat branden' of: 'Als ik mijn baard laat groeien zal ik meer belasting moeten betalen, vraag jij even aan je moeder hoe dat nou precies zit, Mozes?' En hij liet zijn baard staan.

'Waarom laat je hem staan, opa?'

'Ach, het wordt wel eens tijd dacht ik zo bij mezelf, en Mozes had er ook een, en die liep door het water, in de jaren dertig, dat waren jaren.'

'En jij over het vuur.'

'Ja, ik over het vuur.'

De morgen nadat hij een verhaal over een Russisch paard met twee koppen had verteld sloegen de stoppen volledig door. Aanvankelijk dachten we dat het de kuren van een oude man waren, maar toen hij begon door te drammen over Mozes en als een dolle hond in de cornflakesverpakking zat te bijten, hebben we er de dokter bij gehaald. Een hersenaanval en direct naar het ziekenhuis. Ik weet niet veel van de ziekte en ik weet dat het gevaarlijk is te veralgemeniseren, ik ken alleen zijn geval, en ik zag dat hij zich niet herínnerde dat hij in de jaren dertig doolde, maar dat hij daadwerkelijk in zijn heroïsche jaren rondliep. Het eigenaardige was dat hij besefte dat hij ze niet allemaal meer op een rijtje had ('Ik zie ze vliegen jongen, van 't oosten naar 't westen!'), maar dat hij het niet in de hand had. Hij had op de meest onmogelijke momenten lach- en huilaanvallen, kon je met wijdopen ogen aan zitten staren en smeet woest zijn dekens van zijn bed zonder enige directe aanleiding, laat ons zeggen zonder enige directe aanleiding van buitenaf, want vanbinnen was er heel wat gaande. Een beeld dat me ook heel sterk is bijgebleven is hoe hij deed alsof hij uit een fles dronk, hoogstwaarschijnlijk een fles bier, zonder dat hij iets in zijn handen had. Hij greep ook te pas en te onpas ongecontroleerd naar zijn hoofd waarin alleen, bij hem althans, de muziek bleef hangen. Heel stilletjes neuriede hij dan een of ander deuntje uit vervlogen tijd, bijvoorbeeld: 'O Mein Papa' (er war ein wunderbare Clown). Welke wereld er echter achter dat deuntje schuilging kon je niet achterhalen, hij zong alleen maar en had nog al zijn tanden. Soms zat hij daar zomaar te staren naar niets, een zoveelste bewijs dat de evolutie niet voorspelbaar of gericht is, hij had het me geleerd, hij sprak altijd over de Grote Richtingloosheid, zonder metafysische bijbedoelingen. Ik had de ambulance gebeld. In ons dorp was er geen ziekenhuis. De chauffeur met de snor en ik droegen grootvader in de ambulance die naar een mengeling van ether en benzine rook.

'Ik wil niet, Kuda,' jankte hij stilletjes, 'je gaat toch mee met mij, toe, je laat me hier toch niet alleen achter,' en zijn ogen werden vochtig en hij snoot zijn neus. Ik stelde hem gerust: dat moeder en ik met hem meegingen naar het ziekenhuis. Wat een akelig geluid, die schuifdeur die dichtslaat. Opa Bux zat vastgebonden in zijn rolstoel naast het raam, moeder op een bankje en ik mocht bij uitzondering op de draagbaar.

'Alles goed daar achterin?' riep de man naast de chauffeur, en we verlieten het kamp. Tante wasmachine en Indira zwaaiden en de postbode nam zijn pet af in de trant van wat krijgen we nou – ik heb die vent eigenlijk nooit zo gemogen. Iedereen in het dorp keek naar ons en toen we stopten bij Vreugd na Arbeid (de chauffeur wilde twee loten van de Nationale Loterij), kwamen alle gasten en de baas naar buiten om te zien wat er gaande was. Opa trok een vies gezicht.

'Ja, zeg ik zo bij mezelf, ik zal eens een paar loten kopen in een klein dorp, misschien is mijn kans dan groter,' redeneerde de chauffeur en startte de ziekenwagen in twee keer.

'Zo, daar gaan we dan weer, alles goed daar achter? Links?'

‘Nee, je gaat beter rechtdoor,’ zei de man naast hem.

‘Weet je dat zeker?’

‘Zo zeker als ik hier zit.’

‘Oké dan.’

Dag Zoë, zei ik in mezelf toen we haar huis passeerden. En grootvader: ‘Ik wil de papegaai zien.’ En moeder: ‘Oeioei,’ omdat ze opa niet begreep. Ze zat trouwens de halve reis naar het ziekenhuis weesgegroetjes te prevelen, maar grootvader reageerde er niet op. Het was nog wat kil, en de ochtend kleurde de duizenden zonnebloemen waartussen wij ons bevonden oranjerood. Plotsklaps begon de sirene keihard te loeien (wat zat opa Bux zo te glimlachen?) en de chauffeur trapte van schrik op zijn remmen.

‘Wat is me dat nu!’ En de ander: ‘Hoe is dat nu mogelijk, heb jij...’

‘Je hebt toch gezien dat ik nergens aan ben gekomen, ben je blind misschien.’

‘Kalm, kalm, je moet je daar niet druk over maken, iedereen doet wel eens...’

‘Ik maak me niet druk, maar ik zou graag willen weten hoe...’

‘Zet hem aan de kant, kom stop hier maar, we zullen es kijken wat er scheelt.’

Nu begonnen ook de ruitenwissers nog te zwiepen. De twee mannen waren aan het bekvechten, moeder zat met gesloten ogen te bidden, de sirene tierde ondraaglijk en de ruitenwissers jankten, hij had het weer eens goed voor elkaar. En ik? Zijn beschermengel had hij met rust gelaten, ik was getuige van het dansend vuur in zijn oude ogen. Zo had hij mij geleerd stenen te laten vliegen, zo zou hij mij, de kroniekschrijver van het kamp, leren de rest van de wereld naar mijn hand te zetten.

We bewogen weer. Ik was opgestaan met het deuntje van ‘Una paloma blanca’, en te pas en te onpas dook het in mijn geest op en zong ik een stukje mee, nog steeds begeleid door de sirene van de ambulance...

Una paloma blanca
nananana in the sky
una paloma blanca...

En ik floot verder en grootvader knipte met zijn vingers en klapte in zijn handen en we zongen samen verder van de witte duif en haar lot terwijl we lichtjes door elkaar werden geschud achterin de ziekenwagen die over de hobbelige weg een gordijn van opwaaiend stof achterliet, tatatatarataaaaaaaa!!!

Vader stond voor de ingang van spoedopnames te roken, hij was direct in de auto gesprongen en naar de stad gereden toen moeder de fabriek had gebeld. Grootvader werd uitgeladen en binnengereden. Alles gebeurde zo vlug dat hij noch ik iets tegen elkaar konden zeggen, of, sta me bij, afscheid konden nemen, groot afscheid. Vader, moeder en ik zaten op een bank in een eindeloze gang te wachten op iets. Alles baadde in een triestig groenachtig licht, de affiches over tbc, de antirookcampagne, de troosteloze muren waar hier en daar stukjes kalk waren afgebrokkeld, de doffe tegels met vlekken en de onbekende passanten: verpleegsters en zwijgende dokters en de zich voortslepende patiënten. De geur was ondraaglijk. In de verte flikkerde een tl-lamp in een angstaanjagend ritme, ik was hier niet graag.

'Wat doen ze nu met opa?'

'Ze nemen foto's en controleren zijn hart.'

Vader liep om de vijf minuten naar buiten om een sigaret te roken en moeder hield haar ogen gefixeerd op de deur waarachter opa ergens zat. Ik moest verschrikkelijk vaak naar de wc, mijn buik krulde en ik had het koud en warm. Ik probeerde mezelf wat te kalmeren door 'lalalala-la' tegen de spiegel te zeggen en wat te trekkebekken, maar dat haalde niets uit. De rillingen bleven me zonder ophouden bekruipen. De tijd sloop als een rotsblok door de gangen.

'Gaat het nog lang duren, denk je?'

'Ik weet het niet jongen, we moeten wachten op de dokter.'

Eindelijk ging de deur open, mijn hart bonkte in mijn keel. We konden alle drie zien dat het niet te best was met grootvader. De dokter, die om de twee seconden met zijn linkeroog trok, riep vader en moeder apart. Ik doolde in de gangen rond, ging in een vensterbank zitten en probeerde wat te lezen in het tijdschrift *Natuur*. Mijn oog viel op een artikel over de vuursalamander. '...vlammen doven. Deze eigenaardige vondst werd getest op honderd proefdieren. Enkel diegenen die met het bloed van deze met uitsterven bedreigde salamander werden ingesmeerd waren onkwetsbaar voor het vuur. Biologen van de universiteit van...' las ik zonder te begrijpen wat ik aan het lezen was, want mijn gedachten waren alleen maar bij grootvader, ik zag alleen hem, zwevend en lachend in een helderblauwe hemel. Ik sprong overeind, vader en moeder kwamen naar buiten met de dokter, en ik voelde direct dat er iets mis was. Een nationale ramp, opa Bux moest in het ziekenhuis blijven, vastgebonden in zijn rolstoel, hij zou gekke dingen kunnen doen, en ze hadden geen personeel genoeg om iedereen overal en altijd in de gaten te houden, en of we daar begrip voor hadden. Ja, wat kan een mens zeggen.

'Wanneer mag ik naar huis?' was het eerste wat hij ons vroeg toen we hem kort mochten bezoeken.

'Je moet nu eventjes hier blijven,' suste moeder, 'het is voor je eigen goed.'

'Zou je alstublieft die verschrikkelijke riemen willen losmaken, ik kan verdomme geen poot bewegen, wat is dat voor een leven, een hond komt er beter van af, duizend keer beter.'

'Kom vader, ze moeten je verzorgen, je moet...'

'Dat ze zichzelf godverdomme verzorgen, ik moet hier juist niets.'

Ik kreeg geen woord over mijn lippen.

'Moeten jullie nu al weg, toe blijf nog een beetje, je kunt me hier toch niet alleen laten, toe ik smeek jullie...' en hij begon te huilen, ik ook. Ik voelde me enorm opgelucht toen ik eindelijk uit dat verschrikkelijk gebouw was, maar aan de andere kant probeerde ik mij voor te stellen hoe grootvader zich nu moest voelen. Het was stil in de auto. Elk van ons zat met zijn gedachten bij opa. Het landschap had iets vreugdeloos. Toen we thuiskwamen liep ik naar grootvaders wagen en riep ik bij de waterpomp: 'Opa, moet je eens horen wat wij hebben meegemaakt,' en ik slikte mijn woorden in toen ik besefte wat ik aan het doen was. Ik heb de hele nacht in zijn wagen doorgebracht, eerst *Mens en dier*, over de lagere wiersoorten, en een halve *Derrick*. Door het raam zag ik tante wasmachine af en toe haar neus snuiten, ze zat in onze wagen wijn te drinken met vader en moeder. Ik besloot in opa's wagen te blijven slapen, ze zouden dat wel begrijpen. Twee nachten later lag ik weer in zijn bed en hoorde ik een getik op het raam.

'Opa? Opa Bux? Wat in 's hemelsnaam...'

'Ja, ga je nog uit je luie bed komen, of hoe zit het, ik zit hier zowat te bevriezen, ja jongen, ik ben het, wel waarom zeg je niets, wat sta je daar te gapen alsof je de heilige geest in eigen persoon hebt gezien? Zou meneer, als het niet te veel gevraagd is, de goedheid willen hebben...'

Het gaat toch niet opnieuw beginnen, was mijn eerste gedachte, maar toen ik besefte dat ik niet aan het dromen was werd ik vervuld van een eigenaardige blijdschap.

'Ja, opa is een taaie hoor, zeg niet dat je me niet verwacht had, hè, je wist toch wel beter, je bent toch niet vergeten wat ik je verteld heb over het vuur, wel?'

'Nee opa, nee, maar hoe...'

'Ik ben ontsnapt,' zei hij trots.

'Ontsna-apt?'

'Ja, weggelopen, gevlucht, je weet wel, kom maar dichter hoor, ik zal je heus niet opeten, kom maar, gorilla's eten geen vlees, maar je moet ze niet in een kooi opsluiten of ze worden kwaad en gemeen.'

'Maar hoe heb je 'm dat geflikt, je zat toch vastgebonden?'

'Een Bux bind je zo maar niet vast, die lieve verpleegster heeft me niet vastgebonden, omdat ik het zo mooi had gevraagd.'

''t Is niet mogelijk, 't is niet mogelijk,' zuchtte ik terwijl ik hem binnenduwde, 'zal ik moeder...'

'Niets te moeder, jij gaat schoon je smikkel houden, ik ben hier niet, begrijp je, alleen jij weet waar ik ben, is dat dan afgesproken, jij alleen en Zoë, oké? Ik zei oké?'

'Ach, wat ben ik blij je terug te zien,' en ik omhelsde hem.

'Ik geloof het nogal een beetje. Is er bier?'

Grootvader vertelde me het hele verhaal van zijn ontsnapping. Hij had een vrouw met suikerziekte omgekocht en zich vermomd. Ze waren op bezoek geweest bij een of andere man die het aan zijn lever had maar dat deed er niet toe. Om vier uur zesendertig duwde die vrouw opa Bux naar buiten tot bij het kruispunt. Vandaar was hij zelf, nog altijd vermomd, naar de grote weg gereden. Toen hij in de verte een vrachtwagen aan zag komen is hij midden op de weg gaan staan en heeft hij hem met drukke gebaren doen stoppen. 'Jij gaat me naar het kamp brengen,' had hij tegen de gespierde chauffeur gezegd (je denkt toch niet dat ik bang ben van dergelijke mannen zeker). Die had echter gezegd dat hij de verkeerde vrachtwagen had doen stoppen, hij moest aan de andere kant gaan staan, maar ja, hoe kon hij weten waar het zuiden was en waar het noorden (en in zijn toestand). De chauffeur bracht grootvader naar de overkant en wees de richting die hij uit moest, hij vroeg ook hoe het kwam dat hij zo alleen zat te liften. 'Ze zijn mij vergeten,' had grootvader geantwoord. Nog geen tien minuten later werd hij in de laadbak van een Zwitserse truck geduwd. Rondom hem stonden kartonnen dozen met koekoeksklokken. Onderweg had de vrachtwagenchauffeur met handen en voeten proberen uit te leggen dat het hem niet stoorde als hij zich wat verfriste in een tankstation. 'Nee, als het maar niet te lang duurt.' (Ook voor deze kerel was grootvader niet bang, al had hij een tatoeage van een Chinese draak in zijn nek, opa had er trouwens ook een.) Na ongeveer drie uur rijden vroeg de chauffeur: 'Weet je zeker dat je er hier uit wilt?' 'Ja.' Dat was aan het bos naast het zonnebloemveld, maar daar waar de grote weg loopt, dus aan de andere kant van het bos, en het bos was groot en uitgestrekt. Toen de nacht was gevallen en opa wat fruit had gegeten dat hij mee had genomen uit het ziekenhuis, bracht hij de laatste, misschien wel de moeilijkste stap van zijn plan ten uitvoer: de terugkeer naar het kamp. De zandwegen maakten het hem niet gemakkelijk. Eén keer is hij het veld in gereden omdat hij dacht stemmen te hebben gehoord, maar het was vals alarm, het zou hem trouwens niet verwonderd hebben als tante wasmachine en die postbode daar ergens lagen te rotzooien. Het vuur brandde niet (meer), het kamp was stil en uitgedoofd.

Om drie uur zestien tikt een onbekende met een stevige baard tegen het raam van wat zijn eigen slaapkamer blijkt te zijn, we kunnen van een geslaagde ontsnapping spreken.

*

Het nieuws verspreidde zich als een lopend vuur: opa Bux was verdwenen, niemand wist waar hij was. In het ziekenhuis hadden ze een zoekactie op touw gezet, voorlopig zonder enig resultaat. Ja, waar kon hij zitten, zo'n grote wereld, en met zijn gekke kuren, hij was misschien naar India gelopen, wie zou het zeggen, wie zou het zeggen. Ik veinsde ongerustheid, maar dat lukte niet al te best, althans dat dacht ik, ach wat ook, iedereen was te druk met zichzelf bezig om zoiets op te merken. Iedereen in het kamp bedacht een theorie, moeder verweet zich dat ze hem niet hier had gehouden in het kamp, waar hij hoorde, vader vreesde het ergste en vroeg aan de politie of ze nog niets verdachts in het kanaal hadden gezien, tante wasmachine zat te bidden, Paco schudde voortdurend met zijn hoofd alsof opa al dood was en Indira zat in een hoek te janken, maar dat was hoogstwaarschijnlijk omdat Jesús gisteren ladderzat was thuisgekomen en naar een andere vrouw rook. 'Waar kon hij nu toch om de liefde van God zitten' en 'Het is mijn schuld, ik had hem zelf moeten verzorgen, zo'n ziekenhuis, een mens zou voor minder...' en 'Is er al nieuws van de ouwe?' en 'Het moest er eens van komen, ik heb altijd gezegd...' of 'Ach Maria, maak je toch geen zorgen kindje, hij zal wel opduiken, hij zit waarschijnlijk ergens een biertje te drinken, je weet toch hoe hij is' en 'Hoe is het toch mogelijk dat iemand zomaar uit een ziekenhuis kan ontsnappen, daar geraak ik nu niet wijs uit' en 'Jongen, wat kan het hun schelen, ze kloppen hun uurtjes en gaan naar huis, je denkt toch niet dat ze ook maar één zier om die mensen geven' en 'Ja, het zijn er ook zoveel' en 'Wees gegroet Maria vol van genade, de Heer is met u, gezegend zijt gij boven alle vrouwen en gezegend is de vrucht van uw schoot...'

Diep vanbinnen was ik vrolijk omdat ik zag hoeveel iedereen van hem hield en gelukkig hoefde ik niet te wanhopen, want anders zou ik tranen met tuiten gehuild hebben en hem zelf zijn gaan zoeken.

*

'Bonen weeral, kun je me niet een keer iets anders brengen, als je me niet dood wilt, jongen.'

'Ik zal zien wat ik kan krijgen, Zoë ging voor wat kip zorgen.'

'Met sinaasappels?'

'Met sinaasappels.'

'En met Amontillado?'

'Met Amontillado.'

'En munt?'

'En munt.'

'Ah, dat klinkt al beter, je zou ook niets zijn zonder haar, hè jongen.'

Mijn taak zag er gemakkelijker uit dan ze in werkelijkheid was, ervoor zorgen dat niemand, maar dan ook niemand grootvaders schuilplaats ontdekte. En eerlijk gezegd, hij had het 'm weer eens geflikt, want wie in 's hemelsnaam zou hem daar gaan zoeken, in zijn eigen woonwagen, niemand toch. Ik smokkelde aardappelen en eieren, inktvis en sardienen en bier en de televisiegids naar binnen. Af en toe bracht Zoë wat eten mee voor onze geheime vluchteling, haar moeder kon overheerlijke zarzuela maken. (Ik ben op weg naar het kamp twee keer gestopt om een hapje te nemen, het kwam in de buurt van moeders visschotels. Toen ik aan mijn brief dacht, verslikte ik me in een stuk zeebrasem, ik was hem rats vergeten, hij kon ieder moment arriveren.)

*

Ik heb nooit begrepen hoe het komt dat ik stenen kan laten vliegen, alleen stenen, met een simpele bierfles bijvoorbeeld lukt het me niet, ik heb het onderzocht, maar vind er geen verklaring voor. De volksmond beweert dat erfelijke eigenschappen, de uitgesproken althans, graag een generatie overslaan, ik zou het niet weten, ik weet alleen dat mijn vader geen zwaartekracht aan stenen kan onttrekken, dat het iets is wat ik van opa Bux heb meegekregen. 'Steen, steen, steen,' en hup de steen is weg en hij trekt me mee naar het vuur waar zij omheen zitten zoals ze altijd zitten. De gitaren zingen en de handen klappen eigentijds. De danseressen draaien en zwaaien en kronkelen hun notenbruine armen tot vlammende krullen, een nieuw verhaal gaat verder. Ik lig in haar armen, ze zingt me in slaap, mijn ogen vallen toe en ik kruip uit het vuur en vlieg over de wereld als de feniks. Ik verzamel stenen van overal en land in de boom dichtbij het kamp. Niemand kan mij zien, opa niet, KADUX INC niet. Alle stenen ketsen tegen elkaar. Ik word het grillige vuur dat mij aansteekt. Ik klief het hout en luister naar het knetteren. De vlammen dansen iedere avond een andere dans, er is geen juiste of valse dans, geen goede of slechte, er is alleen een dans, zelfs als het vuur mijn ogen dooft.

'Slaap je, ben je wakker?'

'Nee, ik ben Zorro.'

*

Opa Bux was nu al vier dagen vermist, en ik had de indruk dat het hem beviel. Vooral toen hij tijdens het opsporingsbericht zijn foto op de nationale zender zag. Ze beschreven hem van kop tot teen, de tatoeage incluis. Hij was echter nog niet in zijn gewone doen, want toen hij zichzelf op de televisie zag mompelde hij: 'Dat waren nog eens tijden in Amerika.'

'Ssst, opa, niet zo luid, ze gaan je vinden als je zo luid zingt.'

'Hoe bedoel je?'

'Dat ze je schuilplaats gaan ontdekken als je zo zit te brullen.'

'Wat kan mij dat schelen, ik ben hier toch thuis.'

'Maar als ze je vinden opa, moet je terug, terug naar het ziekenhuis, en dan gaan ze je...'

'Nee nee nee, ik wil niet terug,' jankte hij en trok aan mijn mouw, 'ik wil niet.'

Nadat ik hem zijn eten had gegeven, met hem naar de wc was geweest en hem in bed had gelegd sloop ik naar huis en stak een kaars aan. Ik herlas het laatste wat ik geschreven had en veranderde 'ik zag' in 'ik voelde', en schrapte het verhaal over de papegaai die tweetalig was en wegens gezondheidsredenen van de eigenaar te koop werd aangeboden. Het was een zoekertje dat ik in de buurt van tante wasmachines aankondiging in de krant had opgemerkt, maar ik kon er niet echt iets mee aanvangen. Ik zat wat te draaien en te keren en zocht naar woorden, maar het beeld van grootvader was te sterk, ik kreeg niets op papier. In mijn desoriëntatie herschikte ik mijn papieren. Er viel iets op de grond. Ik raapte het op en zag de stad en de fontein, daar had ik het geelachtig strooibiljet gevonden om aantekeningen op te maken, over de maan en het verhaal van de weerwolf dat grootvader ons ooit had verteld. Ik draaide het papier om, het licht van de vlam danste op de letters, ik las: 'Voelt u zich een vreemdeling in uw eigen land? Voelt u zich nog veilig in uw eigen stad? Durft u nog uw kinderen alleen de straat op te sturen? Bent u welkom in hun kampen? Sluit de grenzen! Sloop de kampen! Zo kan het niet verder, spreek de waarheid! Nu of nooit! (Voor verdere informatie kunt u ons gratis bellen op het nummer 09-234 27 72)'.

Ik was kwaad en begon stilletjes te huilen, het werd me allemaal wat te veel, ik kon tegen een berg roepen of beginnen te redeneren tegen het deurtje van onze keukenkast dat altijd weer opnieuw openviel, en wat dan nog, wat zouden mijn woorden uithalen, ik kon schrijven wat ik wou, maar het zou geen zier veranderen, wie zou er nu naar mij luisteren, en wat had ik eigenlijk te vertellen, en als ik dood zou zijn zou de wereld toch niet veranderen. Ik zag alles zo ondraaglijk groot en ik was moe, zo verschrikkelijk moe. Kon ik nu maar in Zoës armen liggen, al was het maar voor vijf minuten. Smeerlappen, zei ik bij mezelf, gore vuile achterlijke klootzakken, waarom kunnen we niet eens alles gewoon wat eerlijk verdelen, bende debielen, ik zou alles delen, alles wat ik heb, alleen Zoë natuurlijk, daar komt geen mens aan, o nee, die is van mij en van niemand anders. Ach opa, misschien heb je wel gelijk, misschien kun je er beter in schieten. Wel te rusten opa, wel te rusten Zoë.

Mijn vader kwam vroeger dan anders thuis van de fabriek. Hij liep wat getrokken de laatste tijd, hij was ook vermagerd.

'En, is er al nieuws?'

'Nee,' antwoordde moeder zonder op te kijken van haar snijplank.

Hij ging in de hangmat op het terras liggen en stak een sigaret op. Ik stond wat te draaien in de deuropening. Toen ik zo de stilte rond vader en moeder zag had ik bijna zin om alles te gaan opbiechten, opa had trouwens professionele hulp nodig, of niet? Ik wist het niet meer.

'Ik ga even tantes brieven posten in het dorp, ik ben niet lang weg.'

'Binnen een halfuurtje is het eten klaar, hoor jongen.'

Het kon tante helemaal niet schelen of ík die brieven op de post deed of haar postbode (die haar al voor de tweede keer ten huwelijk had gevraagd, maar tante vond dat nu met die verdwijning niet het gepaste moment om over trouwen te beginnen).

Toen ik op veilige afstand van het kamp was scheurde ik nieuwsgierig mijn brief open en las: 'Beste meneer Janovitsj, u zult het misschien eigenaardig vinden, of mij van gemakzucht verdenken, maar ik kan al uw vragen, zowel die over die oude man die u kent, dat meisje op wie u verliefd bent en de zin van het leven in een paar woorden weergeven. Ik weet niet of u vertrouwd bent met de, we mogen toch zeggen, wondere wereld van een wasmachine, al die programma's, al die knoppen? Wel, zo'n wasmachine, beste meneer, is zoals het leven zelf, en ik zie er op de een of ander manier het verdere verloop van uw leven in liggen. U zult zich nu hoogstwaarschijnlijk wel afvragen wat ik daar precies mee bedoel. Wel meneer, vooreerst moet een wasmachine draaien, anders gaat ze blokkeren en verroesten, en vervolgens wordt alles vuil en smerig, er zitten vlekken op het tafelkleed, je hebt gezweet in je hemd of een bloedneus gehad, misschien ben je wel gevallen, een kind heeft met zijn snotneus tegen je broek staan draaien of de tijd heeft de gordijnen ondergestoft, er zijn duizenden oorzaken die ons bevuilen, dus moeten we wassen. Al goed en wel, wassen, zult u nu zeggen, maar hoe en hoeveel? Wanneer de wasmachine eenmaal met alle vier de poten stevig op de grond staat moet er elektriciteit zijn. Als er geen elektriciteit is is er geen leven en zal de machine bij gevolg niet draaien, dus regel één, meneer Janovitsj, is elektriciteit, zonder elektriciteit kan uw toekomst niet schoon en zuiver zijn. En ik zie ergens elektriciteit. En dan meneer, dan moeten we gaan sorteren, we kunnen niet alles door mekaar gaan gooien en zomaar aan de machine toevertrouwen, dat zou nogal wat opleveren, en ik kan ervan meespreken. We gaan dus sorteren naar textielsoort, het katoen, de tere weefsels en de wol, gordijnen is een andere zaak, maar daar gaan we nu niet over uitweiden, dus samengevat, na de aansluiting gaan we sorteren of keuzes maken meneer, en ik zie dat je nog strenger moet selecteren, begrijp je, in het licht van je vierde vraag.'

Ik stond perplex, en een eigenaardig inzicht opende zich zo voor mij, alles begon duidelijk maar tegelijkertijd vreemd te worden. Ik krabde kort in mijn haar en las verder over het gewicht van het wasgoed, de wasmiddelverdeling, zowel van het poeder als van het vloeibaar middel, de dosering en de wasverzachting en de tips om vlekken te verwijderen: '...het beste is de vlekken onmiddellijk te behandelen natuurlijk. Zo kunt u grasvlekken direct vochtig maken met een oplossing van melkzuur en water, deppen met zeeppoeder en hup, wassen. Ziet u, twijfel is uit den boze, en ik zie twijfel, maar hij zal langzaam oplossen, u kunt bij wijze van spreken nog wat bleekwater gebruiken tot de twijfel volledig is uitgewassen. En dan is het nog een kwestie van het juiste programma weten te kiezen, misschien nog de moeilijkste taak van allemaal, want er zijn negen verschillende wasgebieden en vijf speciale programma's, aan u dus de keuze, de juiste keuze natuurlijk, en er is geen weg terug, als het programma eenmaal loopt is het niet te stoppen, tenzij de elektriciteit uitvalt, maar dat kan het einde van de machine betekenen, u moet met andere woorden volledig de gevolgen van uw keuze dragen en ik zie dat u dat zult doen, ik zie een kronkelige weg, maar een weg die naar het licht leidt. Zo, meneer Janovitsj, hopend dat mijn antwoord u van enige dienst kan zijn groet ik u en teken ik met de meeste hoogachting, Madam Zulfiye. P.S. (1): Of het heelal eindig is of niet (vraag zes) kan ik u niet met zekerheid zeggen, en in de Heilige Schrift staat dat de wereld in brand zal vliegen, daar kan ik niets tegen inbrengen. P.S. (2): Indien u nog verder van mijn diensten gebruik wilt maken kunt u nog steeds schrijven naar het u bekende adres en storten op dezelfde rekening.'

Zou zij echt zo heten, vroeg ik me af terwijl ik mijn weg vervolgde. Toen nam ik een besluit, het kwam zomaar op me af, ik zou de wereld gaan veranderen, samen met Zoë, en nog wat anderen, als die dat zouden zien zitten wel te verstaan, want aan halve krachten hadden we niets, nu eens ja en dan eens nee, daar schoten we niks mee op, duidelijkheid, niets dan duidelijkheid. Ik leverde de brieven af en reed terug naar het kamp. We aten rijst met bonen. Grootvader zal weer steen en been klagen.

'Er moet iets gebeuren!' riep ik plots aan tafel en vader en moeder keken me allebei zo verbaasd aan dat ik niets meer heb gezegd en stilletjes verder at.

'Ga je me straks hout helpen klieven, Kuda?' vroeg vader. Misschien dacht vader wel dat we zo opa Bux konden lokken, misschien zou hij dan wel opdagen, ik weet het niet, maar zoiets las ik op vaders getekend gezicht.

'Moet je niet naar de fabriek?'

'Nee, vanavond en morgen niet, vanavond en morgen niet,' zei hij stilletjes en nam een sigaret vanachter zijn oor, 'zijn er nog ergens lucifers?'

'Nee, ze zijn op, misschien liggen er nog bij opa.'

'Ik zal er wel om lopen, vader,' zei ik terwijl ik van mijn stoel sprong en mij naar de andere woonwagen haastte.

'Wat heeft die ineens?'

'Je weet hoe goed hij met zijn grootvader kan opschieten.'

'Hier vader, opa...' en ik slikte mijn woorden in, 'euh, ik heb er gevonden, hier, vangen?' en ik smeet het doosje in de hangmat. Hij nam een lucifer uit het doosje, streek hem af en zei: 'Binnen een halfuurtje gaan we om hout, goed? Je moeder zal wel op de telefoon letten, hè Maria?' Toen stak hij zijn sigaret op en blies de lucifer uit.

We gingen naar het bos en sprokkelden hout. Vader zong:

De nacht is mijn huis
de sterren en de maan
maar elke dag opnieuw
loop ik tussen bomen
De nacht...

Hij stopte middenin zijn lied en raapte iets van de grond. Toen hij zich de nacht van de ontsnapping in het bos had verscholen was opa Bux zijn zakdoek verloren, K.B. stond erop geborduurd, en hij rook naar tantes wasverzachter, dus. Vader rende naar huis en verwittigde de politie. Het hele bos werd uitgekamd. Ze ontdekten onder andere de hut en de foto van George Baker, een lege wijnfles en iets dat op een bed leek. Zou hier iemand zijn ondergedoken? En die twee sporen, zijn die niet van een rolstoel? Nee, meneer de politie, dat zijn fietssporen van Zoë en mij, straks ontdekken ze nog alles, verdorie dat is onze schuilplaats, ik hoop dat ze met hun fikken van, verdorie ze beginnen te graven, verdomme het pistool, waarom heb ik het niet gewoon weggegooid, in de rivier of in het ravijn, onnozelaar die ik ben.

Alle sporen wezen naar het bos, meer bepaald naar de hut. Het pistool en de lege fles werden door vader geïdentificeerd als bezit van grootvader. Dus zette de politie een val op, meneer Bux zou zeker naar zijn schuilplaats terugkeren, dat stond als een paal boven water. Vader was enigszins opgelucht en bleef de hele nacht in het bos. Moeder bracht hem perenbrandewijn en dekens terwijl ik Zoë telefoneerde om haar van de hele zaak op de hoogte te brengen.

'En, hebben ze alles gevonden?'

'Nee, gelukkig niet.'

'Oef.'

's Anderendaags werd ik vroeger wakker dan normaal, en had de gedachte om de wereld te veranderen al wat aan kracht ingeboet. Toch was het antwoord op de zeven vragen ergens blijven hangen. Ik stond op, rekte me uit en liet mijn blik over het kamp gaan. Ik dacht aan mijn leven, wat zou ik er in 's hemelsnaam mee aan gaan vangen? Zou ik het zomaar op mij af laten komen en wel zien, of zou ik zelf ingrijpen? Ik zag opa Bux en vroeg me af wat ik zou doen als ze me zouden zeggen dat ik nog twee jaar te leven had. Ik zou misschien meer doen in die twee jaar dan ik in mijn hele leven zonder dat akelige vooruitzicht zou doen. Ik nam me voor te gaan leven alsof ik nog maar twee jaar had. Ik ademde diep in en ging er mijn tanden in zetten, ja, dat is het, opa heeft het zelf altijd gezegd dat je maar beter voor het leven zelf kunt kiezen. Over opa gesproken, alvorens ik mij in mijn echte leven zou storten moest ik hem nog even van wat mondvoorraad voorzien. Ik zou hem gelijk kunnen meedelen dat ik een keuze had gemaakt, dat ik niet in de val ging lopen, wat dachten ze wel, Vreugd na Arbeid, jaja, ik ging leven, en wel direct. Zitten wachten tot er niets komt zeker, en maar plannen van ik ga dit en dat en zus en zo, ja hallo, nu, direct, subiet zie, elektriciteit en draaie-draaie-draaie!!!

Avond. Ik ga naar de woonwagen met een zak waarin twee flessen koud bier, een pot soep, wat worst en brood. Opa zit te zwaaien met de afstandsbediening.

'Wel, waar zat je, ik zit al langer dan een uur op je te wachten.'

'Ja, ik was in slaap gevallen.'

'Je moet daar niet slapen jongen, hier is je bed.'

Ik zette de video aan. *Mens en dier* ging over de Egyptische nachtzwaluw. Grootvader reageerde echter bijna niet en zei af en toe: 'Koekoek, koekoek,' waarbij hij mij heel verdacht zat aan te kijken door een denkbeeldige verrekijker die hij stevig vasthield. En toen ik hem tijdens de aflevering van *Derrick* waarin een vastgoedmakelaar van moord op een jongeman werd verdacht, hielp met zijn bier, duwde hij me bruusk weg en riep: 'Hij heeft het gedaan, hij heeft het gedaan!' terwijl hij opgewonden naar de hoofdinspecteur zelf wees, 'die smerige Duitser!' Nu begon ik toch ook het ergste te vrezen. Maar toen, nog geen minuut later, waren zijn gedachten glashelder en zei hij: 'De nachtzwaluw bidt soms als een torenvalk.'

Wat nu gedaan?

'Zeg opa, als ik je eens moet scheren of zo?'

'Die baard blijft eraan, zoals Mozes en Derrick.'

Oeioeioei, en ik naar bed, want morgen vroeg dag en Vreugd na Arbeid en Zoë en het zonnebloemveld.

*

Nu we ons tijdelijk niet konden terugtrekken in de hut hadden Zoë en ik een veilig onderkomen gevonden tussen de zonnebloemen. We gingen er bijna dagelijks heen tijdens de periode van opa's verdwijning. Ik had veel steun aan Zoë, ik wist wel waar hij uithing, maar ik zag dat er iets niet pluis was en dat maakte mij zo verdrietig en machteloos. Soms lag ik op haar schoot te rusten en te genieten van haar strelingen, soms zaten we hevig te discussiëren over de dood en het leven en soms waren we allebei achttien en gaven we ons aan elkaar over.

'De verhalen maken mij,' murmel ik terwijl ik het opschrijf, en door het open raam trekt de tijd me naar buiten, naar het zonnebloemveld van de liefde.

'Wat zeg je?'

'Ach niets, ik schrijf maar wat op, voor mijn kroniek, wie weet komt het nog van pas.'

'Wat ga jij doen na de zomer?'

'Ik weet het nog niet, misschien, nee, ik weet het niet, en jij?'

'O, misschien ga ik wel studeren, vader zegt dat er veel vraag is...'

'Studeren, in de stad? Ga je dan weg van hier?'

'Ja, waarom niet, ik ben niet van plan mijn hele leven hier te slijten hoor, jij wilt toch ook de wereld zien?'

'Ja natuurlijk, maar nu al, over een week?'

'Waarom niet direct, misschien breken ze morgen wel jullie kamp af.'

'Denk je echt dat ze dat zouden doen?'

'Je hebt het toch zelf gelezen, Kuda.'

'Ja, maar waar zouden ze dan met ons blijven?'

'Zou je niet naast mij willen komen wonen?'

'Ja, natuurlijk, maar, en, ik bedoel, grootvader, ga je echt weg naar de stad, ik...' en ze legde haar wijsvinger op mijn lippen en rolde bovenop me. Ze knoopte mijn hemd los en trok haar jurk in één beweging uit. Vuur.

*

Na drie dagen en drie nachten begaven de gecamoufleerde politieagenten zich naar de hoofdweg en zeiden ze dat ze ermee ophielden, dat het geen zin meer had: óf hij had zijn belagers opgemerkt en was ergens anders heen gevlucht, óf het was één groot misverstand. Alleen vader bleef. Ik had medelijden met hem, zoals hij daar, met een deken over zijn schouders zat, maar als ik alles vertelde was het gedaan met opa, ik moest nu eenmaal kiezen, daarin was tante duidelijk geweest met haar antwoord. Ik riep dat ik naar mijn werk ging, en hij stak zijn hand op zonder te kijken, het was per slot van rekening zijn vader die al een kleine week vermist was. Ik nam de fiets. Toen ik uit de bocht kwam zag ik een zwarte Amerikaanse slee voor het café staan die ik ergens van kende, maar ik kon hem niet direct thuisbrengen, had ik dat van de televisie, of...? Natuurlijk! Ik herkende de drie mannen met hun jas over hun schouder, ringen aan elke vinger en meer gouden dan echte tanden, dat gitzwart geverfde haar, dat was langgeleden, maar wat kwamen zij hier zoeken? Zoë stond in de deuropening met hun koffie nogal duister in de richting van hun tafeltje te knikken en mompelde dat ze me iets wilden vragen of zo. Ik trok mijn schort aan en liep naar buiten om de tafeltjes van het terras af te nemen en asbakken neer te zetten. Wat moesten die drie van Zoë? 'Bedoelt u mij?' en ik wees naar mezelf. Zoë nam het van me over en ik ging naar de drie mannen, die ik ooit nog had bespied vanuit de woonwagen. Ze schudden me gewichtig de hand en een van hen trok een stoeltje bij en bood me aan te gaan zitten.

'Maar, ik moet...'

'De baas weet ervan,' zei de dikste van het gezelschap met een diepdonkere stem.

Ik kon niets anders dan gehoorzamen. Ik stak nog een vinger op naar de baas die naar buiten kwam, maar hij wimpelde mijn verantwoording af met een 'Jaja 't is al goed, luister maar wat ze jou te zeggen hebben'. Hij bracht me zelfs eigenhandig koffie, dat beloofde nog wat, en ik begon zo stilletjes aan te vermoeden aan wie ik dat te danken had.

'Dus je opa is verdwenen, jij bent toch Kuda Bux, hè,' begon de dikke terwijl de twee anderen wat aan het rondkijken waren.

Bingo, dacht ik en zei met onzekere stem: 'Ja.'

'Dat is een intrieste zaak, zomaar verdwijnen, je vader heeft het waarschijnlijk niet gemakkelijk,' ging hij verder.

Kom op, vette os, zit niet zo rond de pot te draaien, dacht ik, maar antwoordde: 'Euh, ja.'

'En jij hebt er natuurlijk niet het flauwste benul van waar de oude Bux zich zou kunnen ophouden, jij bent toch zijn beste vriend, dat heeft hij ons altijd gezegd, is het niet, jongens?'

'Nee, misschien is hij wel terug naar India, wie zal het zeggen, hij is altijd wat aan de onvoorspelbare kant geweest.'

'Ja, India, waarom niet, of Amerika, de wereld is zo groot, zo ongelofelijk groot, en die ouwe is ook niet van gisteren, is het niet, jongens.'

Die ouwe, die ouwe, dacht ik en zei: 'Nee.'

'Het was een fijne man, en zomaar verdwijnen, van de ene op de andere dag, het blijft een mysterie.'

Zeg toch wat je te zeggen hebt, stom rund, maar ik zei: 'Ja,' en hoopte dat hij geen gedachten kon lezen.

'Beste Kuda,' begon hij op een andere toon, 'de verdwijning van je grootvader treft ons evenzeer als jullie, geloof me, nu zul je je waarschijnlijk afvragen wat ik daarmee bedoel, wel Kuda, ik mag toch Kuda zeggen...'

Aaaaaaaargh! en ik zei: 'Tuurlijk.'

'...je opa, beste jongen, heeft nog een paar dingetjes van ons...'

Had ik het niet gedacht, had ik het niet gedacht.

'...en wij zouden die dingetjes graag terug hebben, dat begrijp je wel. Maar met die verdwijning wordt de zaak er niet gemakkelijker op,' zei hij glimlachend, 'je grootvader ging ons namelijk alles teruggeven op het einde van de zomer zie je, en dat is ongeveer nu, dus zitten we met een probleem. Maar als jij ons op de een of andere manier zou kunnen helpen, jij kent hem naar horen zeggen als geen ander, dus misschien heb jij wel enig idee waar hij zich eventueel verstopt, en waar hij ons geld en onze pistolen begraven heeft.'

'Pistolen?'

Ze gingen alle drie staan en de dikke fluisterde in mijn oor: 'Doe je best jongen, we komen terug, enne, het zou toch jammer zijn als we de oude eerst zouden vinden.'

Slik.

*

Vader zat in het bos, moeder en tante wasmachine dronken wijn. Grootvader, met baard, hield zich schuil in zijn eigen woonwagen terwijl de hele wereld hem aan het zoeken was, en ik zat er weer eens mooi tussenin. Ik vond dat ik het meer dan verdiend had om met Zoë naar de openluchtcinema te gaan waar *Saturday Night Fever* op het programma stond. Ja toch? De film was niet alleen nagesynchroniseerd én ondertiteld, ik had ook het gevoel dat erin gesneden was. Ach ja, ik had er niet veel last van, Zoë zat toch naast mij en ze was zeker zo lenig als die dansende gek op het witte doek. Op weg naar huis probeerde ik een paar danspasjes na te doen. Zoë moest erom lachen. We spraken af voor morgen en ik omhelsde haar. Ik besloot een kleine omweg te maken langs het zonnebloemveld. Ik baande mij een weg naar onze plek. Ik ging zitten en begon zachtjes te lachen. Een grappig beeld van grootvader kwam voorbijdrijven, hij was nu de hoofdrolspeler uit de film en danste erop los. Ik zal altijd bij je blijven, opa, ik ga overal met je mee, ik beloof het je, en als Zoë en ik kinderen hebben mogen ze ieder weekend bij jou op schoot, ze zullen trots zijn op hun overgrootvader. En jij, opa, was jij trots op je grootvader? Je bent toch ook nog een kleine jongen geweest, een kind en een verwachting in de buik van je moeder. Hebben ze nooit op je gespuugd omdat je zigeuner was? Hebben ze je nooit met stenen bekogeld langs de weg? Is het daarom dat je kunt toveren en de stenen kunt tegenhouden en ze kan doen vliegen waarheen je maar wilt?

Ik hief met mijn ogen een groene steen op om te kijken of ik mijn kunst nog niet verleerd was en dacht aan het verhaal van de twee broers die triestig waren omdat ze niet konden vliegen. Grootvader heeft me eens wijsgemaakt dat een hommel niet kan vliegen volgens de wetten van de aërodynamica, het was een wonderbaarlijk mens, ik mis hem, nu ik er zo over vertel.

Ik nam een aanloop en vloog naar het kamp, rechtstreeks mijn bed in. Ik sliep als een roos en droomde dat grootvaders baard in brand schoot. Hij zal toch echt moeten opletten met die kaarsen.

8

Toen ik halfwakker vanuit het grote bed mijn blik over de tafel liet glijden besefte ik dat er een schrijfmachine, een ingelijst portret van Zoë, een groene steen, en een woordenboek te zien moesten zijn, maar ik zag een desolaat berglandschap met een woedende vulkaan. Ik wreef in mijn ogen en liep naar buiten om me te verfrissen bij de pomp. Het was kil en het waaide, de wereld boven dreigde zilver. De zwaluwen scheerden laag over het kamp en in de verte weerklonk het aanhoudende geblaf van onrustige honden. O, nee, wat doet die hier zo vroeg, had tante wasmachine dan niet vriendelijk bedankt, en zo zwaaien dat ie doet, wat nu weer.

'Goedemorgen, Kurda.'

Kan hij dat echt niet in zijn kop krijgen dat het Kuda is?

'Ja, dag.'

'Er is post voor je grootvader, uit Engeland, ik dacht zo bij mezelf, dat zal misschien wel belangrijk zijn, misschien is het wel een aanwijzing, ik bedoel, je weet maar nooit, ik spring maar direct op mijn fiets dacht ik, uit Engeland zeg...'

'Engeland?'

'Ja, dat mogen we hier ook niet alle dagen meemaken, denk je, zou jij het aan je vader willen geven, Kurda, en doe de groeten aan je tante, wil je?'

'Jaja, komt in orde,' en ik nam de brief aan.

'Het gaat onweren,' riep hij nog terwijl op zijn fiets sprong en met zijn vinger in de lucht zwaaide.

Ik probeerde te voelen wat er in de brief zat, dat was

geen gewoon papier, er zat iets hards en buigzaams in de enveloppe, iets tussen papier en karton, en het klikte als je het vouwde. Ik hield hem tegen het licht, dat waren net negatieven. Zou ik durven? Ik stak hem in mijn zak en zette koffie. Vanavond, na het Duitse verzetsdrama *Die Flucht*, zou ik grootvader de curieuze brief wel voorlezen, eerst werken. Ik nam de fiets en waggelde over de zandweg. Onregelmatige rukvlagen smeten me bijna in het zonnebloemveld, soms kwam ik geen meter vooruit. Bezweet liep ik de trap af om me te verkleden en wat te verfrissen, Zoë hing weer aan de kapstok. Haar werk in Vreugd na Arbeid zat erop, het seizoen was bijna afgelopen en het café begon stilletjes aan in zijn oude ritme te vervallen. De stamgasten zaten weer op hun zelfde plaatsje op hetzelfde uur hun zelfde drankjes te drinken, te kaarten of de krant te lezen. 'Nog nieuws van je grootvader jongen?' en ''t Is toch wreed van die ontploffing' en 'Ze zouden beter wat minder geld in hun eigen zakken steken' en 'Ze zitten er weer eens serieus naast met hun voorspelling, opklaringen, moet je eens naar buiten kijken' of ''t Is altijd hetzelfde, 't zal nooit veranderen, dat het nooit zal veranderen'. Het was rond de middag, buiten was het zwart. Ik stond vanachter de bar naar de televisie te kijken en verzonk in zomergesluimer. Ik hoorde opa Bux opnieuw het verhaal vertellen van 'De nacht waarin alles wit was', zou Zoë echt in de stad gaan studeren, dan moet ik ook studeren, maar opa, wie gaat er dan voor opa zorgen, waarom is tante wasmachine ook zo koppig, nu kan ik niet eens naar de stad, mooie boel is dat, ach ja, misschien zei Zoë zomaar wat, ze zal wel hier blijven, maar wat kan ze hier eigenlijk doen, Vreugd na Arbeid? De fabriek? En ik?

'Mag ik eens bellen, baas, grootvader is misschien...'

'Jaja, maar niet te lang.'

'Hallo, Zoë? Is dit Zoë alstublieft?'

‘Nee, die is er niet, ben jij het, Kuda?’

‘Ja, excuseer.’

‘Ze is naar de stad om...’

‘Nu al! Ik bedoel, maakt u haar alstublieft de groeten over, en, ja, tot ziens dan maar weer.’ Klik. Waarom gaat ze met zulk weer naar de stad, dat is toch levensgevaarlijk. En waarom heeft ze me niets gezegd, ze is toch alleen naar de stad mag ik hopen.

‘Euh baas, ik heb vergeten te vragen aan moeder of ik brood...’

‘Hallo mevrouw, sorry dat ik u nog eens stoor, maar ik zou Zoë graag verrassen aan het busstation, weet u hoe laat ze van plan is terug te komen?’

‘Ze zijn met de auto.’

Ze? schoot het door mijn hoofd.

‘Haar vader had het voorgesteld, vandaar, hoe is het eigenlijk met je grootvader jongen, is er al nieuws?’

‘Nee, niet echt, maar ik moet nu ophangen mevrouw, ik bel vanuit het café... waarom zeg ik dat... enne...’

‘Oooh, bel je van daar?’

‘Ja, tot straks, ik bedoel bedankt.’ Ophangen en verdwaasd met hand voor mond ‘Kuda, Kuda, Kuda’ tegen mezelf murmelen, de eerste donderslag.

‘Maak het terras maar leeg, meneer de telefoon, kom voor het gaat gieten, de tafels en de parasols mogen in de kelder, de stoelen mogen hier blijven.’ De namiddag kroop als wingerd over de gelige muren. Er hing een dompige warmte binnen. De deur stond wagenwijd open en de ventilator draaide op volle toeren, de televisie flikkerde zonder klank. Tegen de avond kwam er een fris windje binnenwaaien en vielen de eerste regendruppels onregelmatig uit de diepdonkere hemel. De wind was gekeerd, ik had terug tegenwind en halverwege het bos brak het onweer los. Ik was doorweekt en dood-doodmoe. We aten lam met peren, donder en het getik van vorken. ’s Nachts, tijdens het Duitse verzetsdrama heb ik de video stopgezet en mijn hart gelucht, dat het me allemaal te veel werd, dat ik eronderdoor ging, dat het moest ophouden.

‘Jaja,’ zei grootvader en hij deed alsof hij uit een fles dronk.

Ik smeet de brief uit Engeland op tafel, ik zou hem morgen wel voorlezen.

*

Ik ben de hangmat, de wereld wiegt met mij mee. Het vuur verbrandt zichzelf, beeld voor beeld, zienderogen. In die ogen ligt mijn wereld besloten, het zijn de ogen die mij geschapen hebben, knetterende, flikkerende oog-ogen. Ik kan lopen, ik loop door de vlammen, kijk, over het vuur, ik kan het ook! Kijk, zonder handen! Maar het vuur zwelt en is overal, het doorklieft de lucht en knettert onomkeerbaar, het hele kamp is één groot flikkerlicht, ik kan niet weg, ik kan niet weg, en mijn stem heeft het begeven, help, ziet iemand mij, help!

‘Kuda, Kuda, word wakker jongen, word wakker, opa’s wagen staat in brand, kom, we hebben je nodig, Kuda-a-a!’

Ik schoot in mijn broek en stootte in mijn nachtelijke verwarring Derricks kooi om en Derrick ontsnapte. Het kamp was in rep en roer, iedereen was in de weer met emmers water, maar niemand wist dat opa Bux daarbinnen in die vlammenzee zat. Ik liep naar mijn vader en trok aan zijn hemd: ‘Opa zit binnen vader, hij is uit het...’

‘Ja ja jongen, haal nu maar wat emmers wil je, kom, voor de vlammen overslaan, het is maar een woonwagen, kom!’

‘Maar,’ zuchtte ik en toen begreep ik waarom grootvader me die avond zo intens de hand had gedrukt, of was de bliksem ingeslagen... hij zal zijn televisie toch... o nee, en zijn elektrische rolstoel... of zijn baard... ik heb hem nog zo gewaarschuwd met die kaarsen... die drie mannen zullen hem toch niet gevonden hebben zeker, flitste het door mijn draaiende gedachten, maar ik kon niets meer doen, want ik was ineengezakt bij de waterput en wist van de wereld niet meer. Na een hectisch gebeuren dat mij oneindig leek was de brand geblust. De schade was beperkt, het vuur was niet overgeslagen op andere woonwagens. De brandweer met hun loeiende sirene en blauwe zwaailicht arriveerde te laat. Maar, waren dat niet de wielen van een rolstoel tussen die verkoolde troep, en dat daar, voeten, twee ongeschonden voeten die ertussen uitstaken? Rond vier uur vijfendertig 's morgens identificeerde de lijkschouwer het lichaam en werd de zaak Kuda Bux gesloten.

9

We kunnen gerust aannemen dat meer dan de helft van alle gitaren ter wereld ontstemd zijn, de onze in het bijzonder, zeker nu grootvader is heengegaan. Bij ons klinkt overigens alles een beetje vals, vals maar menselijk. Misschien kon grootvader het niet verkroppen dat ze ook van plan waren ons kamp af te breken, ik zou het niet weten. Zoë dacht dat die brief uit Engeland er iets mee te maken had, maar ze zei ook dat het zo wel beter voor hem was, dat hij toch maar verder ging aftakelen, hij is in schoonheid geëindigd. Ja zeker. 'Hij is altijd een sterke man geweest,' zei vader. Moeder keek door het raam en tante wasmachine huilde en dronk brandewijn.

*

Ze hebben je verbrand
en uitgestrooid op de weide
van het kamp
waar is je stem naartoe
vertel mij waar je bent

Alles gebeurde zonder dat we echt beseften dat het gebeurde. Paco werd geroepen om de lijkschouwer te helpen grootvader uit zijn 'zithouding' te duwen omdat hij anders onmogelijk kon worden opgebaard. De dode kreeg een wit hemd en een kostuum van vader aangetrokken en werd volgens onze traditie bestrooid met rozen. Ze hadden besloten hem 'voor het zicht' een zonnebril op te zetten en zijn gezicht en zijn handen wat bij te schminken. Toen ik voor het eerst naar hem toe ging zag ik zijn gouden tand tussen zijn glimlachende lippen blinken en begon ik te huilen en te lachen. Toch was ik opgelucht en ik zag een man die door het vuur liep, en zich verbrandde en vloekte en viel en weet ik veel, een beeld dat ik van horen zeggen had, maar dat mij met zoveel vreugde vervulde, dat ik het als ultieme herinnering aan opa Bux beschouwde, dat was mijn echte afscheid, de rest was niet van wezenlijk belang. En telkens als er een herinnering aan die eigenzinnige man komt bovendrijven wordt de wandeling afgesloten met dat gestuntel in het vuur, dat gevloek en gebrul van de man die zich niet wilde laten kennen. Ik heb zelfs heel lang in de waan verkeerd dat er een foto van bestond, en heb vergeefs in ons familiearchief zitten neuzen, maar wat een verhalen heb ik daar teruggezien, mijn vader in een korte broek, moeder op een driewieler, opa in de smidse en oma met lang gitzwart haar en enorme oorringen, stel je voor!

*

Zo'n vier maanden nadat alle zigeuners van heinde en verre waren samengekomen om de Zwarte Sarah in het water te laten droegen wij, volgens een andere traditie, Kuda Bux naar het crematorium. Het slechte weer van de afgelopen dagen was omgeslagen, het was iets kouder, maar de zon achter het bos wierp haar lange stralen op de trage stoet. Ik liep linksvoor en had mijn zwarte pak aan. Naast mij liep Paco omdat hij ongeveer even groot als ik was, en dat was voor het dragen van de kist handig. Achteraan rustte de kist op de schouders van vader en Luiz. We schreden op het ritme van de trage blazers achter de dobberende kist, dan volgden Zoë, moeder en tante wasmachine en daarachter waggelde de rest. Meneer Martinez had een zwarte das om met een roze varken erop, waarschijnlijk uit zo'n derdewereldzak en zijn kleinste, zich onbewust van wat er gebeurde, liep te roepen en met stenen te smijten tot hij een draai om de oren van zijn moeder kreeg en begon te schreeuwen, zo hard dat ze even aan de kant moesten gaan staan. Toen we Vreugd na Arbeid passeerden knikte de baas sereen en namen twee klanten hun pet af. De zon klom hoger en we gingen verder. Ik voelde de kist nauwelijks, maar het zweet parelde op mijn voorhoofd en mijn rug was nat, hoever nog, ik houd het niet meer, ik moet dringend, o jee, o jee, denk aan iets stimulerends, iets, ja, zoiets, Zoë–Zoë–Zoë!

'We gaan even stoppen,' siste vader in mijn nek, 'we hebben al een halfuur gelopen en met die hitte, pffff. Oké, ik steek mijn hand op en we houden halt, één, twee, drie en stop!'

De kist werd aan de kant van de weg gezet. Ik was blijkbaar niet de enige die moest plassen, er doken ook een paar vrouwen in het zonnebloemveld. Vader rekte zich uit en stak een sigaret op, hij keek me heel diep in de ogen; zou hij het doorhebben dat ik heel die tijd wist waar opa Bux was, hij zou toch iets ondernomen hebben, nee, nu opbiechten zou alleen de wond maar vergroten, het blijft tussen mij en Zoë en grootvader, kijk toch niet zo naar mij, vader. Ik wilde mijn blik afwenden maar het lukte niet, ik zat een paar seconden vast. Zoë stond bij moeder te praten, Jesús had zijn arm om Indira heen geslagen en tante en moeder Martinez bleven verdacht lang achter de struiken. De kinderen waren aan het ravotten, Lulu huilde aan de rok van haar moeder omdat de kleine Janosj een sprinkhaan op haar hoofd had gezet en ja, de rest van de wereld was aan het draaien zoals hij altijd aan het draaien is. Nog anderhalve kilometer, wat doe je ons aan, Kuda Bux. De kist werd zwaarder, maar de muziek en de onmogelijkheid om na te denken maakten hem lichter en lichter en lichter en opa, ben je daar nog, opa Bux, ben je weer aan het toveren? We naderden het crematorium. Een man met een zware snor kwam naar ons toe en gaf ons instructies, de kist daar, en vanaf nu zouden zij voor alles zorgen. We werden in een klein zaaltje geroepen voor een korte bezinning. De kist stond vooraan. Ik dacht heel de tijd dat hij open zou gaan en dat grootvader eruit zou kruipen. Paco liet een boer en moeder 'saufen-saufen-saufen' Martinez sukkelde van haar stoel. Tante wasmachine moest trouwens niets zeggen, zij had de andere helft van de fles brandewijn achter de struiken leeggedronken, ze had haar rooie kop niet van de zon. Ik hield Zoës hand vast, ze huilde een beetje. Waar zou grootvader nu weer uithangen? Kuda Bux werd gecremeerd en in een urn gedaan, als je erover wrijft komt zijn geest tevoorschijn.

Waar de Martinezzen vandaan komen is de gemiddelde leeftijdsverwachting van mannen en vrouwen nog geen vijftig jaar, grootvader had het beter gedaan, hoewel we over zijn exacte leeftijd in het duister tasten, laten we zeggen dat hij er op zijn minst als tachtig uitzag, en zo aan zijn verhalen te horen zal dat er niet ver naast zijn. Nu was hij een hoopje as dat over het kamp werd uitgestrooid. Voor één keer kon het tante wasmachine niet schelen dat ze haar witte lakens in de laatste zomerzon had opgehangen. Waar zou grootvader anders naartoe vliegen dan naar haar lakens?

*

Zoë en ik stonden op de heuvel te kijken hoe het kamp werd afgebroken, dit was het einde van een heel lange reis. Ik filmde met grootvaders camera, die hij gewonnen had met de televisiequiz, misschien maakte ik wel een film in plaats van een kroniek, ach ja. Het was bijna niet te geloven hoe een enkele stoot van een bulldozer de woonwagen van tante wasmachine, waar ze ontelbare jaren had geleefd en helderziende was geweest, met de grond gelijkmaakte, het had iets vervreemdends, iets compleet onwezenlijks. Onze wagen werd niet vernietigd, we mochten hem houden als we wilden, maar hij moest daar weg, dus werd hij vernietigd, zo zijn de wetten van de logica. Ik zie nog hoe een oude vrouw, een lotgenote uit een ander kamp waarvoor nog geen huizen waren voorzien, onze douche wilde meenemen, zo'n plastic ton waarin we gaatjes hadden geboord, en hoe een politieman haar tegenhield en vriendelijk verzocht het ding terug te leggen bij de rest van het afval, waar het zonder twijfel zou worden verbrand. De bureaucratie, dat was waarschijnlijk wat grootvader bedoelde met de woorden: 'De mensen graven hun eigen graf zonder het te beseffen.' En als ik hem daarop iets vroeg in de orde van: 'Maar indien alle mensen het zouden beseffen, zou de aarde waarschijnlijk stilvallen,' zei hij: 'Wat de uitroeiingskampen betreft, zou dat al geen slechte zaak geweest zijn.'

*

Het wonen in een huis was voor ons geen voor de hand liggende zaak. Toen er een geit op de gang van de zesde verdieping werd gesignaleerd kwam de bewonerscommissie bijeen en werd er een nieuwe partij, naar nationaal voorbeeld, opgericht om ons weer uit de huizen te krijgen, 'Zo kan het niet verder, er lopen hier kippen en geiten, straks brengen ze nog olifanten mee naar huis' of 'Die kinderen zijn niet gekleed en gekamd en ze plassen overal waar het hun uitkomt' of 'Die mannen doen niets anders dan zingen en zuipen en schooien, buiten ermee zeg ik, ze gaan zich nooit aanpassen, dat is een ander ras'. Sommigen vonden dat nog niet genoeg en wilden ons zelfs het land uit krijgen en terugsturen naar waar we vandaan kwamen, alleen wist niemand van de onzen wat precies zijn vaderland was, we kwamen uit alle hoeken van de wereld, en trouwens, de meesten waren hier geboren, wat dan? Nadat de politie een paar keer tussenbeide gekomen was en de burgemeester, wiens christelijke politiek regelrecht tegen de ideeën van de nieuwe partij indruiste, een woordje was komen zeggen, werd het al iets kalmer en kregen wij een stuk tuin en een geïsoleerde kelder waar we naar hartelust konden zingen, 'als we het maar stil hielden op de gang'. Gelukkig werd de burgemeester herkozen en werd de vraag om ons allemaal in één wijk onder te brengen handig afgewimpeld met het argument: 'Zo zullen zij zich nooit leren aanpassen.' En we pasten ons aan en zwaaiden naar de buren en werden lichtjes gek in die gevangenissen.

Ik ben naar de stad getrokken. Na de dood van grootvader had ik niets meer te zoeken in die streek, buiten Zoë dan, maar die ging ook naar de stad natuurlijk. Een paar weken na grootvaders dood ben ik met haar naar het bos gegaan. We hebben er samen de reservesleutels van de Peugeot 404 opgegraven, een paar passen naast de hut. Grootvader had ons de auto als trouwcadeau beloofd: 'Wat er ook gebeurt, als jullie trouwen is hij van jullie.' Ik heb de auto volgeladen en ben vertrokken samen met Derrick, die al goed gerecupereerd was van zijn geworstel met de vliegenstrip tijdens de brand in het kamp, iedereen heeft zijn verhaal. De auto achter mij toeterde. Hoe lang stond het licht al op groen? Ik vertrok zonder na te denken en zag mijn grootvader in de achteruitkijkspiegel in de andere auto zitten zwaaien. Mijn maag rommelde, ik had in mijn zenuwachtige vastberadenheid vergeten te ontbijten, moeder had nochtans speciaal churros en chocolade klaargemaakt. Misschien zijn onze herinneringen in strikt biologische zin wel ons voedsel, ik zou het niet weten, maar door het beeld kwam het hele kamp terug tot leven, alles was weer bruikbaar, de woonwagens, de waslijn, de geiten en de kippen, het hout en natuurlijk de verhalen. Maar als ik in die woonwagens rond het vuur op zoek ga naar de laatste woorden van opa Bux, vind ik niets, wel ben ik zeker van de laatste handdruk die ik pas achteraf als het eeuwig afscheid heb kunnen interpreteren, ik voel hem nog steeds, ja, ik voel hem nog steeds. Nog een kleine twintig kilometer, lichte regen, kniersende ruitenwissers.

*

Ik belde moeder vorige week vanuit de telefooncel op het pleintje met de linden waar mijn kamer op uitkijkt. Ze vertelde me dat het niet zo goed ging met tante wasmachine, iets met haar lever, en dat Jesús en Indira de trotse ouders zijn van een tweede flinke zoon, Milan. 'Wanneer kom je nog eens naar huis, jongen?' vroeg ze. Daarna wist ze niet goed meer wat ze moest zeggen en zei ze dat ze zo wel zou ophangen, dat ik geen al te lange gesprekken vanuit de stad moest maken, dat zoiets veel te duur was, dat we niet met ons geld moesten smijten en 'nee, *Mens en dier* begint nu om zeven over negen in plaats van om half negen, en o ja, dat zou ik nog bijna vergeten te zeggen, Salvador is geselecteerd voor de nationale ploeg, ze spelen overmorgen tegen, tja, wie was dat ook alweer... nee jongen, de postbode zien we hier niet meer, enne, zeg, is het bij jullie daar ook zo'n rotweer, menslief, enne...'

'Oké dan maar, bedankt voor het telefoontje,' zei ik terwijl ik zelf had gebeld, maar moeder antwoordde alleen maar: 'Ja jongen, graag gedaan.'

'En de groeten aan vader.'

'Zal ik doen, tot gauw dan maar.'

'Da-ag.' Ik hoorde nog 'Zoë' aan de andere kant van de lijn, maar ik hing op en voelde of er nog kleingeld in het toestel zat. Was het al zo laat! Ik kocht een brood en liep onder de gaanderijen door naar Zoës appartement. Oef, er brandde licht.

IO

(vijf jaar later)

Een week nadat hoofdinspecteur Stephan Derrick uit München werd bekroond omdat hij zijn tweehonderdvijftigste moord had opgelost reden we naar het dorp. De engelwitte Peugeot doet het nog zeer goed, ik zeg u, als wij van het kamp iets assembleren, is het voor het leven. Zoë is bijna twee maanden zwanger, je ziet er nog niets van. Op de achterbank zit Baba, onze zoon uit Ethiopië, we hebben hem vorig jaar uiteindelijk kunnen adopteren, wat een papiermolen zeg.

'We hebben de pralines vergeten, Kuda.'

'Ach, we stoppen wel even onderweg voor een bloemetje en een sigaartje. Die pralines zullen niet weglopen.'

'Wat zeg je, jongen?' vroeg Zoë zonder om te kijken.

'Waarom lachen die koeien, mama?' vroeg hij terwijl hij een tekeningetje op het licht beslagen raam maakte.

We naderden. Ik werd door een zenuwachtigheid overvallen, sinds vaders vervroegd pensioen was ik nog niet thuis geweest, hij zal glunderen als ik hem vertel dat hij voor de tweede keer grootvader zal worden, en moeder, misschien kunnen we het beter na het eten vertellen, anders krijgt ze geen hap binnen.

'We kunnen straks na het eten een wandelingetje maken, langs het kamp, hoe laat zouden jouw ouders komen?'

'Ze zullen er wel al zijn.'

'Ah, ze blijven eten?'

'Dat heeft je moeder me toch zo gezegd.'

'Zouden ze het verwachten?' vroeg ik terwijl ik mijn

hand op haar buik legde.

'...en als het een jongetje is,' droomde Zoë, 'Kuda misschien?'

'Vergeet het, liefste, vergeet het.'